Jorge Luis
Borges
Esther
Zemborain de Torres Duggan

Introducción a la literatura norteamericana

美国文学入门

[阿根廷] 豪尔赫·路易斯·博尔赫斯　艾斯特尔·森博莱因·德托雷斯·都甘 著

于施洋 译

上海译文出版社

目 录

前　　言

　　篇幅所限，我们不得不把三个世纪的文学活动压缩成局促的一册。实际上，关于美国文学史已经有很多、很全面的英文著作以各种专题包括精神分析、社会学等为线索编排，但我们并没有就此止步——在这里，艺术价值是根本原则；跟英国一样，美国文学中的个体创作远胜于群体、流派，其文字是各自生活的自然结果，于是我们选择听从作品的召唤。当然了，任何一段文学史都不能脱离其所在的国别史，所以会补充一些必要的背景说明。

　　值得一提的是，我们穿插了一些别的大部头都没有触及的题目，比如侦探小说、科幻小说、西部文学和红皮肤原住民独特的诗歌。

总之，作为现代建立起民主体制的第一个国家，美国文学的演进究竟如何，希望通过本书有所呈现。

豪尔赫·路易斯·博尔赫斯

艾斯特尔·森博莱因·德托雷斯·都甘

布宜诺斯艾利斯，一九六七年

起　　源

　　法国批评家，同时也是吉拉尔德斯[1]朋友的瓦雷里·拉尔博认为，拉美文学自达里奥和卢贡内斯起开始影响西班牙文学，而美国文学不仅在广大的英语地区，而且是在全世界范围产生了并正在继续产生影响。

　　确实，我们可以像撰写《圣经》谱系一样宣告，埃德加·爱伦·坡孕育了波德莱尔，波德莱尔孕育了象征主义者，再由他们孕育了保尔·瓦雷里；而我们这个时代所有的"国民诗歌"，或者说"介入的诗歌"，都来自沃尔特·惠特曼，并延续到桑德堡和聂鲁达。本书的目的就在于勾画出一幅美国文学的轨迹图，哪怕是稍作呈现也好。

　　在扉页上，作为致敬，我们要写下著名爱尔兰唯心主义哲学家乔治·贝克莱的名字。十八世纪初，贝克莱在一首诗里提出了历史循环发展的理论，认为帝国就像太阳一样，从东方向西方移动（"帝国大业踏上西进征途"），而如果将历史构想成一出五幕悲剧，最大、最近的一个帝国就是美国。为此他计划在百慕大群岛上建立一座神学院，试图教化粗鲁的英国拓殖者和红皮肤的原住民来实现这个宏伟而遥远的目标。后面讨论乔纳森·爱德华兹的时候，我们还会提到贝克莱。

简单但还不算粗暴地说，美国的独立早在一六二〇年、一百零二名乘坐"五月花"号的清教徒在东海岸登陆那个早晨便已实现了。众所周知，这是一群"不同梦想者"，神学上的加尔文派、与英国圣公会为敌，政治上支持议会而非君主的神圣权利。他们之中相信命运者，只要还没有被恐惧打倒，会认为自己在上帝的指引下来到了天堂而不是地狱，或者说这些尊奉《圣经》的拓荒者自视为《出埃及记》里的犹太人、上帝的选民。一种救世的目的指引着他们，并最终在

1　Ricardo Güiraldes（1886—1927），阿根廷诗人和小说家，著有《堂塞贡多·松勃拉》（*Don Segundo Sombra*）。

马萨诸塞州实现神权政治。面对一片蛮荒大陆，这些殖民者不断同寂寞、原住民和丛林作斗争，后来的敌人还包括法国和英国军队。他们和最初的基督徒一样憎恨艺术，因为"玩物"让人丧失救赎之"志"——在十七世纪中叶的伦敦，清教徒们甚至拆毁了剧院，所以萧伯纳《为清教徒写的三个剧本》标题里存在着一个明显的悖论，而弥尔顿指责英王查理一世在被处死前还阅读莎士比亚的世俗作品也就不足为奇了；清教徒还在萨勒姆制造了巫蛊案，因为《圣经》中提到过巫师（诡异的是，承认有罪的人可以被宣布为无辜，因为魔鬼不会允许为它服务的人暴露自己，而坚持为自己辩护的"蠢人"会被判死刑）。

现在我们来认识一些人。

美国最早的历史学家都出生于英国。约翰·温斯罗普（John Winthrop，1588—1649），曾任马萨诸塞湾殖民地总督并撰写了当地宪法，该法为其他殖民地提供了范例；威廉·布拉德福德（William Bradford，1590—1657），"五月花"号的领袖，连选连任总督长达三十年。

科顿·马瑟（Cotton Mather，1663—1728）是哈佛大学

校长英克里斯·马瑟之子。他出生于波士顿，是一位宽容到甚至相信自然神论的奇特的加尔文派；他也被牵连进了萨勒姆巫术事件，虽然他并不反对法院作出的死刑判决，但他认为这些被附体的人可以通过祈祷和斋戒得到救赎；他的书《隐形世界的奇观》（*The Wonders of the Invisible World*）提出并分析了着魔之人的个案。科顿·马瑟掌握七门语言，是一位孜孜不倦的阅读者和写作者，他留给子女约两千卷书，撰写了超过四百五十篇论章，其中一篇用的是西班牙语——《基督徒的信仰》（*La fe del cristiano*）。他希望新英格兰达到日内瓦和爱丁堡都未曾企及的高度：成为尊奉加尔文教义的新世界的头领。在写作上，他一直认为文字要有教化作用，而旁征博引能增加力量和美感，"就像点缀俄国大使衣服的珠宝一般"。

科顿·马瑟和爱德华兹一样对科学充满兴趣，他研究蜘蛛的习性，并且是疫苗最早的支持者之一。

乔纳森·爱德华兹（Jonathan Edwards，1703—1758）是加尔文派神学家中最为复杂和难懂的一位。他出生于康涅狄格州的东温莎，一生作品繁多，除了在伦敦出版的浩浩十七卷（仅有一些历史学家探索过），还应加上他的私人日记。他先是领导，而后又指责"大觉醒"[1]运动，借用一位传记作家的话说，该运动从圣灵光照、大众皈依开始，后来就像很多类似的情况一样，沦为失和、无序。威廉·詹姆斯[2]在《宗教经验之种种》里也经常提及爱德华兹。作为一名精力充沛、效率极高、不乏威胁性的布道者，他最有名的讲章《落在愤怒之神手中的罪人》（*Sinners in the Hands of an Angry God*）仅题目就已展现了他的风格。我们在这引用一个段落："愤怒之弓已拉紧了，矢已在弦上，公义已将矢对准你们的心门。没有别的，只有神的旨意，而且只有那对你们不受任何应许或责任所约束的愤怒之神的旨意，才暂时不让弦上的矢，来饮你们的血。"[3]这样一些比喻让人不得不联想他虽然在神学上受挫，其实是位不折不扣的诗人。

---

1 大觉醒，或称第一次大觉醒，是 18 世纪美洲的一项宗教运动，爱德华兹为重要首领。
2 William James（1842—1910），美国哲学家与心理学家。
3 译文摘自"中国基督教书刊"网，链接为：http://www.chinachristianbooks. org/Home/SingPage.aspx?CategoryId=1af08d2c–46f7–41ab–8c33–2a9a ba7739e2&SubCategoryId=00000000–0000–0000–0000–000000000000& ContentId=b094fabd–5123–4a5c–be4e–f9e19a53ee9f。

爱德华兹少年聪颖,十二岁进入耶鲁,十四岁被授予教职,专心服事到一七五〇年、"大觉醒"运动里的丑闻造成他被辞退。在妻子和女儿们的协助下,他转而为印第安人传播福音,一七五七年出任普林斯顿大学校长,但一年后就与世长辞了。

比起阅读,爱德华兹更爱写作,比起写作则更爱思考,有时候是平静的冥想和虔诚的祈祷。他看书似乎只是为了寻找激发自己的灵感:除了洛克,同时代其他人的作品他都没怎么读过,所以他知道柏拉图主义的一些常识,但对贝克莱、包括他们都认为"物质世界不过是神脑袋里的一个主意而已"毫不知情;他也不读斯宾诺莎,虽然两人都认为自然界和上帝同宗同源。爱德华兹最后的讲章里提到上帝:"他是一切,他只一人。"

加尔文教义认为:上帝创造了大部分人,令其灵魂下地狱经历灼烧,而只有少部分人能够上天堂。开始爱德华兹觉得这个观点非常可怕,但青年时代经历一次灵性体验后,他发现这一点"令人愉悦,清晰而贴心",或者说他在这教义中找到了一种残酷的甜蜜,这很令人讶异;他还在曾经让他恐惧的电闪雷鸣中分辨出了上帝的声音。他和特土良[1]一样，认为上天堂享福之人有一个乐趣，就是观赏地狱众生受无尽折磨。爱德华兹反对自由意志，把"必然性"的概念延伸到上帝身上，他认为耶稣的行为必须是神圣的，而且并不因此而减少一丝可敬的分量。爱德华兹属于人们所称的波士顿"婆罗门派"，就像印度的知识和祭司阶层。

美国第一位略有名气的诗人是菲利普·弗伦诺，胡格诺派家庭出身，祖父是一七〇七年移民纽约的法国商人。弗伦诺最初和末期的作品都含讽刺意味，但他也希望写些史诗，比如全集里那篇不太成熟的关于先知约拿的作品。弗伦诺出生于纽约，"总是受到贫穷女巫的诅咒"，为了生计什么都干过，记者、农场雇工、水手，曾经在热带航行，和梅尔维尔[2]一样与海洋有过亲密接触。在美国独立战争中，弗伦诺率领的船被一艘英国三桅战舰擒获，在纽约港口的俘虏船上吃尽

---

1 Tertullianus，也译为特图里安或德尔图良，迦太基教会主教，早期基督教著名神学家和哲学家。
2 Herman Melville（1819—1891），美国小说家、诗人和散文家，著有小说《白鲸》。

了苦头。弗伦诺支持杰斐逊，反对华盛顿。他复杂的政治活动在此就不赘述了。

弗伦诺主要以抒情诗留名。在流传最广的《印第安人殡葬地》（*The Indian Burying Ground*）里，他认为：我们本能地将死亡构想成一个梦，因为我们都是将死者躺着埋葬的，而印第安人则把死亡看作真实人生的延续，因为他们让死者坐着入土，还备好弓箭，让他们在另一个世界继续打猎。这首诗里的名句"猎人和鹿；阴影"，让人忆起《奥德赛》第十一卷中的一个六韵步诗句[1]。

更加奇妙的是名为《印第安学生》的一首，讲述了一个年轻的印第安小伙子尽数变卖家产、一心想要学习白种人神秘的知识。历经一番艰苦的"朝圣"，他终于进入了最近的大学，勤奋学习英语和拉丁语。老师们都说他前程远大，有些觉得他会成为神学家，另一些人说是数学家；但渐渐地，这个小伙子（名字一直没有出现）疏远了朋友，开始在森林里游荡。诗人写道，一只松鼠很容易打断他阅读贺拉

1　参见荷马：《荷马史诗·奥德赛》，王焕生译，北京：人民文学出版社，1997年版，页194—219。

斯[1]的颂歌，天文学让他不安，地圆说和宇宙无尽无穷的观点让他充满恐惧和不确定感。一天早上，小伙安静地离开了，正如他安静地来——他回到了自己的丛林和部落。这首诗歌同时也是一个故事，精巧的叙述使人几乎不会怀疑其真实性。

弗伦诺偶作讽喻的风格还处于当时英国诗歌的氛围中，但他的感受力已经具有浪漫派的气息。

---

1 Quintus Horatius Flaccus（前 65—前 8），古罗马诗人、批评家。

富兰克林、库柏和历史学家们

一部美国文学史绝不能撇开本杰明·富兰克林（Benjamin Franklin，1706—1790）。他兴趣广泛，活跃的头脑不断接收着印刷、新闻、农业、卫生、航海、外交、政治、教育、伦理、音乐和宗教的刺激。他创办了美国第一份报纸和第一本杂志。对他来说，留下成千上万页的文字不是目的而只是方式；他的十卷作品都是深具情境性的，他从来不写纯文学，相反，总是想要达到某种切近的效果。富兰克林作品的这个实用特质容易让人想起萨米恩托 [1]——后者确实非常推崇他，但显然富氏更富于智性而《法昆多》更富于激情。

富兰克林那多变而又令人钦佩的人生在《自传》里得到了充分的展现。他出生在波士顿一个贫苦人家，完全靠自学成才，为了掌握写作的技巧，反复阅读、揣摩艾迪生[2]的散文。一七二四年，一份公派购买印刷原料的任务让他到了伦敦。二十二岁时，他创立了一个教派劝人行善，但没有争取到太多的信徒。他同时提出了城市警察、公共照明和街道铺设计划，还创立了第一家流动图书馆。人们或许略带嘲讽地称他为"常识的先知"。富兰克林最初反对英国殖民地的分离倾向，后来却热烈拥护美国独立运动。一七七八年，共和政府任命他为驻巴黎全权大使。法国人把他视作"自然之人"的优秀代表，连伏尔泰都公开拥抱他。

富兰克林和爱伦·坡一样喜欢制造神秘。一七七三年英国政府想要迫使自己的殖民地缴一笔税，他就在伦敦一份日报上发表了一篇普鲁士国土的伪书，向英国索要同样税目，因为五世纪时这个岛国也曾被来自日耳曼地区的部落殖民。

富兰克林坚决奉行：今天能做完的事，就不要拖到明天（被马克·吐温改成：后天能做的事，就不要搁到明天）。

---

1 Domingo Faustino Sarmiento（1811—1888），阿根廷作家、教育家、社会学家，曾任阿根廷总统（1868—1874），著有社会学著作《法昆多》。

2 Joseph Addison（1672—1719），英国散文家、诗人。

众所周知，富兰克林发明了避雷针，这一壮举让他无愧于杜尔哥[1]著名的赞颂：他从上天那夺走了闪电，就像从暴君那夺走了权杖。

富兰克林是第一位得到欧洲认同的美国作家（虽然更多是作为哲学家，但在十八世纪，两个概念几乎是相通的），继他之后则是费尼莫·库柏（Fenimore Cooper，1789—1851）。虽然他现在的青年读者群越来越小，当时却被译成欧洲几乎所有的语言以及一些亚洲语言。巴尔扎克推崇他，一些人称他是美国的司各特[2]，维克多·雨果则认为他比司各特还要高明。

库柏出生于新泽西州的伯灵顿郡，童年在奥齐戈湖畔的庄园度过，周围都是森林和原住民。他在当地上学，后来进入耶鲁，但因为一个小错误被开除。一八〇五年他加入海军，服役五年；一八一三[3]年为结婚退伍，在马马罗内克当起了地主。大约一八一九年的时候，不知是偶然还是命中注

1　Anne-Robert-Jacques Turgot（1727—1781），法国古典经济学家。
2　Walter Scott（1771—1832），苏格兰历史小说家、诗人。
3　此处据查，包括从"服役五年"算，似应为1811年。

定，库柏和妻子一起读到一本蹩脚的英国小说，他发誓自己能写得更好；在她的挑战下，讲述英国上流社会故事的《戒备》(*Precaution*) 诞生了；一年后的《密探》(*The Spy*) 背景设定在美国，并且为他未来的作品做了铺垫。和很多人一样，库柏花了很长时间才意识到"趣"不一定要"异"，相反，也可以是就近、当下的：海洋、边境、水手、垦殖者和红皮肤印第安人都成了他的主题。通过一个五部曲——其中最出名的是《最后一个莫西干人》(*The last of the Mohicans*) ——他给读者们留下了"皮袜子"的经典形象，一个以鹿皮护腿得名的猎人，典型的林中人：开垦并深刻认同大森林的白人，远离人群，勇敢、忠诚、技艺娴熟，斧头和来复枪都操控得精准无误。

自一八二六年起，库柏开始了七年的欧洲旅居生涯。作为美国驻里昂参赞，他得以同"偷师"的对象沃尔特·司各特爵士交流，也和拉法耶特侯爵[1]过从甚密、书信里严厉批评英国，最后，如安德鲁·朗格[2]所言，把"英国狮和美国鹰"

---

1 Marquis de Lafayette（1757—1834），法国将军、政治家。
2 Andrew Lang（1844—1912），苏格兰诗人、小说家。

都激怒了。回国后，库柏继续创作小说，间以诉讼、讽刺政论和《美国海军史》的撰写，作品全集达三十三卷。

他洋洋洒洒、满是拉丁语源词汇的散文似乎是受当时文坛的沾染，好的没学到、坏的学一身；他笔下情节的猛烈和叙述的迟缓间有一种奇异的反差。史蒂文森[1]慷慨称其"是森林，是海浪"。

华盛顿·欧文（Washington Irving，1783—1859）是与库柏同时代的历史学家和散文家。他出生在纽约一个富裕的商人家庭，支持独立战争，先后做过记者、律师和讽刺作家。一八〇九年，欧文化名一位迂腐的荷兰编年史家狄德里希·尼克尔包克尔（Dietrich Knickerbocker）写了一部纽约外史。与库柏不同，欧文对欧洲全无敌意，而是充满好感；他游历英国、法国、德国，一八二六年起开始西班牙之旅，十七年后回到祖国又走遍了西部。一八四二年他被任命为美国驻西班牙公使。算起来，欧文前后在格拉纳达住了很长时间，都凝聚在《阿尔罕布拉宫的故事》（*Tales of the Alhambra*）

---

1 Robert Louis Stevenson（1850—1894），英国浪漫主义代表作家之一，小说家、诗人，著有《化身博士》、《金银岛》等。

里，而晚年在自家庄园阳光谷（Sunnyside，作品中曾经描写为睡谷）度过。他主要致力于历史题材，其中最雄心勃勃的是不朽的五卷《华盛顿传》。

　　欧文认为自己的祖国缺少浪漫的过去，因此将不同时空的传说美国化，比如这个故事：七名被皇帝追击的基督徒带着狗躲进山洞，之后，按吉本[1]的话说，"从长达两个世纪的瞬梦中"醒来：此时已是基督教的世界，城门上挂着从前被禁止的十字架。[2]欧文保留了那只狗，但是把两百年缩短成二十年、七眠子变成一个外出打猎的农夫，他在途中认识了一位身着古典荷兰衣装的陌生人，被带到一个安静的聚会，喝了杯味道奇特的酒。当他醒来的时候，美国独立战争都已经结束了。瑞普·凡·温克尔这个名字自此流行于整个英语世界。

　　欧文既不是穷尽书目的研究者，也没有对史实的独到见

1　Edward Gibbon（1737—1794），英国历史学家，创作了《罗马帝国衰亡史》。
2　七个出身贵族的青年为躲避德基乌斯皇帝对基督徒的"残酷压迫"，只能藏入以弗所的山洞里，及至沉睡 187 年醒来后悄悄下山购买食物时，詹布里库斯才发现以弗所城门口竟然挂着一个很大的十字架，而用来购买面包的银币则被认为是私挖来的宝贝而使他被扭送到法院，由此惊动了以弗所的主教、教士、官员、民众，甚至狄奥多西皇帝本人。参见爱德华·吉本：《罗马帝国衰亡史》，席代岳译，长春：吉林出版集团有限责任公司，2008 年，页 441。

解，因此，他所写的哥伦布传记主要依赖纳瓦雷特[1]的成果，而穆罕默德传记则源自犹太裔德国东方学者古斯塔夫·韦伊[2]的类似作品。

威廉·普雷斯科特（William Prescott，1796—1859）和欧文一样对西语世界情有独钟。他出生于马萨诸塞州的萨勒姆市，属于波士顿的"婆罗门派"（该地的知识分子阶层，包括许多显赫的人物）。一八四三年，普雷斯科特整理的墨西哥征服史问世，这是欧文让给他的题目；接着是一八四七年的秘鲁征服史，但最后关于菲利普二世的作品未能完成。普雷斯科特写历史作品不失严谨，但更将其视作一件艺术品，对他来说，社会学性没有戏剧性重要，比如在西班牙人征服秘鲁的过程中，他更看重皮萨罗[3]的个人冒险，甚至赋予其死亡史诗色彩。他的书，除了偶尔过于罗曼蒂克，基本可以当作优秀的小说来阅读。后来人们修正了他作品中的一些细节，但从未否认他是一位历史大家。

1　Martín Fernández de Navarrete（1765—1844），西班牙作家和历史学家。

2　Gustav Weil（1808—1889），德国东方学者。

3　Francisco Pizarro（1471—1541），西班牙冒险家，秘鲁印加帝国的征服者。

另一个无愧这一称号的要数弗朗西斯·帕克曼（Francis Parkman，1823—1893）。他出生在波士顿，身体不好，尤其是和普雷斯科特一样视力很差，但还是勇敢地克服了各种障碍，向助手口述了许多作品，几乎全是历史大部头，只有两本例外：自传小说《家臣莫顿》（*Vassall Morton*）和《玫瑰之书》（*The Book of Roses*），后者体现了他对花卉的喜爱。帕克曼总是力求以美国为主题，他游历广阔大陆的许多边境地带，了解垦殖者和红皮肤原住民的生活；他描写英国、西班牙和法国在新大陆的血腥争斗，笔触雄辩而又严厉；他还研究过争夺加拿大的战争，十七世纪耶稣会士的传教活动和北美原住民易洛魁部落内部非教徒战胜基督教徒的历史。

帕克曼最出名的作品讲述了庞蒂业克起义：庞氏是渥太华部落的大酋长，十八世纪中期寻求和法国人结盟，用战术和巫术对抗英国霸权，最后死于谋杀。

虽然帕克曼只比沃尔特·惠特曼晚去世一年，但思想上并不像惠氏，而是更接近"婆罗门派"，他曾写道："我的政治信念在两个恶性极端之间摇摆：民主和专制。我不反对君主立宪，但却更愿接受保守的共和体制。"

霍桑和爱伦·坡

　　短篇故事作家、小说家纳撒尼尔·霍桑（Nathaniel Hawthorne，1804—1864）比前面我们说过的所有作家都重要。他出生在清教氛围浓厚的萨勒姆镇，故乡的情景时常在心头萦绕；祖父是当年审判"萨勒姆巫蛊案"的法官之一；他四岁那年，当商船船长的父亲在东印度群岛去世。他在缅因州上学，同富兰克林·皮尔斯和朗费罗结为好友，毕业后在海关工作过一段时间。霍桑一家在父亲死后就过上了一种奇怪的离群索居生活，终日沉浸在诵经和祷告里，相互不说话，也不在一起吃饭，饭菜都盛在托盘里送到各自房间门口。纳撒尼尔白天忙着写鬼怪故事，日落时分才走出家门散散步，这种隐秘的生活持续了十二年。一八三七年，他写信给朗费罗说："我把自己软禁起来了，毫无意识地，从来没想到会这样。我成了一个囚犯，把自己关在牢笼里，找不到钥匙；而且即使门开着，我也害怕走出去。"这一时期写的短篇《韦克菲尔德》（*Wakefield*）在某种程度上体现了这种蛰居：主人公是生活在伦敦的一个普通人，某天下午突然离开妻子，在自家附近躲起来，二十年后又突然回家，毫无缘由。故事的结尾是这样的："在这个神秘世界表面的混乱当中，其实咱们每个人都被十分恰当地置于一套体系内。体系之间，它们各自与整体之间，也都各得其所。一个人只要离开自己的位置一步，哪怕一刹那，都会面临永远失去自己位置的危险，就像这位韦克菲尔德，他可能被，事实上也的确被这个世界所抛弃。"[1]霍桑所说的这个由不可解释的规律所掌控的"神秘世界"无疑是加尔文教宿命论的世界。

一八四一年，霍桑在社会主义者积极实践的布鲁克农场待了几个月。一八五〇年，他发表了著名长篇小说《红字》（*The Scarlet Letter*），第二年出版了《七个尖角阁的老宅》（*The*

1　参见霍桑：《霍桑短篇小说选》，黄建人译，长沙：湖南文艺出版社，1996年，页37。

House of the Seven Gables）。一八五三年，他被当选总统的富兰克林·皮尔斯任命为利物浦领事，之后在意大利居住了一段时间，写成《玉石雕像》（*The Marble Faun*）。除了上面这些作品，霍桑还发表过多部短篇小说集，其中最著名的是《雪影》（*The Snow Image*）。

在负罪感和道德感方面，霍桑同清教主义密不可分；而在追求美感和制造玄虚上，他又同另一位伟大作家爱伦·坡紧紧联系在一起。

埃德加·爱伦·坡（Edgar Allan Poe，1809—1849）出生在波士顿一个穷困的演员家庭，被商人约翰·爱伦收养后随其姓。他曾在弗吉尼亚和英国接受教育，把英式学校写进了鬼怪故事《威廉·威尔逊》（*William Wilson*，小说的主人公在杀死对手——另一个自己——之后也走向了灭亡）；他是被西点军校开除的"坏学生"，做新闻时又跟同时代的很多名人结怨，还控诉朗费罗剽窃。神经官能症和酗酒从青年时代就缠上了他。一八三六年，他和十三岁的表妹弗吉尼亚·克莱姆结婚，但妻子十一年后死于肺结核；不久他自己也在巴尔的摩一家医院去世，临死前的高烧让他重温了《亚瑟·戈登·庇姆述异》（*The Narrative of Arthur Gordon Pym of Nantucket*）里的残酷情景。爱伦·坡的一生是短暂而不幸的，如果不幸可能短暂的话。

意志薄弱、常为各种矛盾的激情所驱使的坡，其实推崇头脑的清晰和理性。作为一个本质上的浪漫主义者，他却喜欢否认灵感，宣称美学创造纯粹是智慧的产物。在《写作的哲学》（*The Philosophy of Composition*）一文中，他阐述了著名长诗《乌鸦》的写作过程，分析，或者说假装分析了他的创作步骤：首先设定写一百行，因为太多会破坏想要的整体效果，而太少则达不到强度（确实，该诗总计一百零八行）；然后确定要制造美感，而在所有的诗歌情调中，感伤是最好的；整齐的副歌将十分有效，加之他认为字母 O 和 R 的发音最响亮，脑海中第一个闪现出的词便是永不复生（Nevermore），问题是如何使这个词单调的重复合理化——一个会说话而非理性的生物能解决这个问题，他先想到鹦鹉，但被乌鸦更强烈的自尊和忧郁征服了；至于主题，没有什么比死亡更让人感伤，而一个漂亮女人的死是再好不过的诗歌对象了。现在要做的就是把这两个意象结合在一起：一个经受失亲之痛的男子，一只在每段末尾重复永不复生的乌鸦——同一个词还要每次变换含义；唯一的办法就是让情郎向乌鸦提问，而且这些问题要起初平淡、渐渐出彩，他其实已经知道乌鸦不祥的答案，但将在每次发话中受尽折磨，最后他问是否有一天会重见爱人，乌鸦回答说永不复生。这句话出现在后半程，却是诗人写下的第一句。就诗化而言，坡更加注重新意，穿插不同音步的句子，头韵、尾韵十分上口。

两者在哪儿相遇呢？坡想过田野、树林，但似乎封闭的空间更能加强他所要的氛围，那就在一个充满回忆的房间吧。鸟怎么进来呢？自然需要窗户的意象，而一只乌鸦寻求庇护自然引出了风雨交加的夜晚，不仅如此，室外的暴雨还能反衬室内的宁静。乌鸦停在雅典娜半身像上，选择这尊塑像有三个理由：羽毛的黑色与大理石的白色形成对比；智慧的象征，适于书房的陈设；名字里包含两个响亮的开音节[1]。半开玩笑地，男子问乌鸦在沉沉冥府的尊姓大名，乌鸦回答永不复生；对话继续，从诧异渐变为凄惶。大理石像上的乌鸦一

1　雅典娜英文写作 Athena 或 Athene，也可称为 Pallas Athena/Athene。

步步打动诗中的男子，同时也征服了读者，并酝酿着即将到来的结尾。他知道乌鸦只会说永不复生，故意用会引发这个伤心答案的问题来折磨自己。在这点上，该诗是具体的，但又是隐喻的，乌鸦象征了对无尽苦难无法抹除的记忆。如上即是爱伦·坡为这首诗所做的分析。

坡的小说大致可以分为两类（有时也相互联系）：恐怖和推理，前者曾被指模仿某些德国浪漫派，而他回答："恐怖不是德国的，是内心的"；后者则催生了风靡全球的新体裁——侦探小说，最著名的创作者包括狄更斯、史蒂文森和切斯特顿[1]。

爱伦·坡也把这种诗歌手法用在短篇故事中，认为所有文字都应服务于最后一行。

---

1 Gilbert Keith Chesterton（1874—1936），英国小说家、评论家、诗人、新闻记者、随笔作家、传记作家、剧作家和插图画家。

超 验 主 义

超验主义，美国历史上最重要的文化事件之一，它不是一个封闭的流派而更像一场运动：作家、庄园主、手工艺者、商人、已婚和独身的女人都曾参与其中。自一八三六年起，超验主义运动持续了四分之一个世纪，中心在新英格兰的康科德；它是对十八世纪以来的理性主义、洛克经验主义和神体一位论的反拨（神体一位论作为正统加尔文宗的继承者，正如其名所示，否定三位一体，但承认耶稣创造的奇迹是历史事实）。

超验主义有许多来源：印度教泛神论、新柏拉图主义、波斯的神秘主义、斯威登堡的通灵幻视、德国的唯心主义以及柯勒律治和卡莱尔[1]的作品，包括清教徒的伦理约束。乔纳森·爱德华兹曾经说过上帝可以向选民的灵魂注入一道超自然的光，斯威登堡和卡巴拉[2]信奉者则认为外在世界只是精神世界的一面镜子，这些理论都影响到康科德的诗人和散文家——其核心思想大概为上帝在宇宙间无处不在。爱默生一再强调：所有的生灵都是一个微型的宇宙、一个缩小了的世界，万物本质统一，道德法则与自然法则融会贯通；而如果每个人的灵魂中都有上帝，便不再需要外部权威，信徒自己就能以深刻而隐秘的神性与其沟通。

爱默生和梭罗是超验主义运动最响亮的名字，两人又进而影响到朗费罗、梅尔维尔和惠特曼。

著名的拉尔夫·爱默生（Ralph Emerson，1803—1882）出生于波士顿，父亲和祖父都是新教牧师。他最初继承了家族事业，开始布道后，从一八二九年起受命在一个神体一位派教堂任牧师，同年结婚；一八三二年，经过一场精神危机

1　Thomas Carlyle（1795—1881），苏格兰作家、历史学家、神学家，在维多利亚时代影响很大。
2　又称"希伯来神秘哲学"，传统犹太教的一类经典，解释永恒而神秘的造物主与短暂而有限的宇宙之间的关系。

（妻子和兄弟们的去世无疑给他留下了巨大的阴影），他最终放弃宗教事业——认为"形式上的宗教已经不再有号召力"。不久，他第一次去英格兰旅行，结识了华兹华斯、兰德[1]、柯勒律治和卡莱尔；当时他还自认为是卡莱尔的学生，但实际两人有本质上的不同。

爱默生坚持废奴思想，卡莱尔却支持奴隶制。回到波士顿后，爱默生开始巡回讲座，并借此游历全国，渐渐用讲台取代了圣坛。他在美国甚至欧洲都声名鹊起，尼采写道，他感觉自己与爱默生距离如此之近，以至于不敢赞扬他，因为那就等于赞扬自己。除了多次讲演旅行，爱默生大部分时间都住在康科德，一八五三年再婚，一八八二年四月二十七日去世。

爱默生写道，没有人被推理说服过，提出真理并让其自证即可。这个观点赋予了他的作品一种不连续性，体现为许多句子（有些还充满智慧）与前后文无甚关联。他的传记作者们称，他在演讲或写作之前会收集一些词句，用时组合，

1　Walter Savage Landor（1775—1864），英国诗人、散文家。

颇为随意。我们组织的超验主义运动展基本回顾了爱默生的理论。有一点特别值得注意，那就是将印度人引至"无为"的泛神论恰恰将爱默生带到了"无所不为"的高度，因为在每个人心中都有神性。"人应该了解世界的全部，应该敢于尝试所有的事"。爱默生思想兼容并包的程度令人吃惊，从一八四五年进行的六次演说的题目便可见一斑："哲学家柏拉图"、"神秘主义者斯威登堡"、"诗人莎士比亚"、"拿破仑，世界之子"、"作家歌德"、"怀疑论者蒙田"。在其十二册的作品全集中，最有趣的或许是诗歌卷，展现出一个伟大的智性诗人；他对爱伦·坡并不那么热衷，半开玩笑地称后者叮当诗人[1]。这里放一首他的《梵天》：

> 血污的杀人者若以为他杀了人，
> 死者若以为他已经被杀戮，
> 他们是对我玄妙的道了解不深——
> 我离去而又折回的道路。

---

1 即写打油诗的诗人。

遥远的，被遗忘的，如在我目前；

阴影与日光完全相仿；

消灭了的神祇仍在我之前出现；

荣辱于我都是一样。

忘了我的人，他是失算；

逃避我的人，我是他的两翅；

我是怀疑者，同时也是那疑团，

我是那僧侣，也是他唱诵的圣诗。

有力的神道渴慕我的家宅，

七圣徒也同样痴心妄想；

但是你——谦卑的爱善者！

你找到了我，而抛弃了天堂！

散文家、自然主义者和诗人亨利·大卫·梭罗（Henry David Thoreau，1817—1862）出生于康科德。他曾在哈佛大学学习希腊语和拉丁语，对东方文明、红色人种的历史和习俗也感兴趣。他希望能自给自足，不去"务实地"找固定工作，而是按需动手造小船、门框，做土地测量员。他在爱默生（两人连外形都很像）家里住了两年，一八四五年又来到清冷的瓦尔登湖畔，在一座小茅屋里开始了隐居生活，每日阅读经典、笔耕不辍，用敏锐的眼光观察自然。他喜欢孤独，曾写道："我遇见的人往往还不如他们打破的寂静有文化。"

梭罗最精辟的传记要数爱默生所写："很少有人能放弃他这么多东西。他不工作、独自生活、不结婚、不去教堂、不投选票、拒绝缴税、不吃肉、不喝酒、没抽过雪茄；他是一位自然主义者，却不设陷阱也不用枪。他没有需要克服的欲望、没有多少胃口、缺少激情，也不被华而不实的小物件所吸引。"

他的作品共计三十余册，其中最著名的当属一八五四年出版的《瓦尔登湖，或林中生活》。

在马克思的《共产党宣言》问世后一年，也就是一八四九年，梭罗发表了《论公民的不服从》，这篇政论后来影响了甘地的思想与命运。第一段中他便表示管得最少的政府是最好的政府，彻底无为更理想。他反对常设武装力量，正如他反对政府，认为其阻碍了美国公民的自然发展。他唯一能接受的义务是每时每刻都做自己视为公正的事。他还引自然权利高于法律，否定读报的必要，称只要看一则关于火灾、犯罪的报道即可知晓这类新闻的全部内容，累积本质相同的案例毫无用处。

梭罗写过，"有一次我丢了一只猎犬、一匹浅黄色的马和一只斑鸠，直到现在我还在寻找它们。我曾向许多旅行者询问它们的下落，一个说听到过犬吠，另一个说确实有马驰骋，第三个人说看见斑鸠飞过；他们都能体会我的焦虑"。这个故事或许来源于某个东方寓言，我们在这里可以比在诗中更深切地感受到梭罗的忧郁。研究无政府主义的历史学家很少提到梭罗，其实他是当之无愧的无政府主义者，只是比较消极、平和。

尽管现在有点被遗忘了，但亨利·华兹渥斯·朗费罗（Henry Wasdworth Longfellow，1807—1882）在他所处的时代却是美国最受欢迎的诗人。他出生于缅因州的波特兰，曾在哈佛大学任现代语言学教授。他的创作力始终旺盛，把西班牙的豪尔赫·曼里克、瑞典诗人埃萨亚斯·泰格奈尔、普罗旺斯和德意志的游吟诗人，包括一些不为人知的盎格鲁－撒克逊歌者的作品都译成了英语。他还把斯诺里·斯图鲁松所作《挪威历代君王故事》中的章节改写成诗歌。在内战纷扰的几年时间里，为了保持内心的平静，他将《神曲》翻译成了英语；事实证明这是史上最好的英译本之一，妙趣横生的注释为其添色不少。他还写了六韵步长诗《伊凡吉琳》（*Evangeline*，1847），借用芬兰民族史诗《卡勒瓦拉》的韵律写了《海华沙之歌》（主角是预见到白人到来的红种人）。《夜籁集》（*Voices of the Night*）中的多首诗作为他赢得了同代人的喜爱和崇敬，至今仍常被收入各种选集，虽然今天再读，会觉得还差最后一点点的润色。

与超验主义运动相反，亨利·蒂姆罗德（Henry Timrod，1828—1867）歌唱希望、胜利、变迁和南方最终的失利。他出生于新卡罗来纳的查尔斯顿，父亲是个德国装订工人。他加入了联邦军队，但肺结核令他向往的军事生涯落空。他的诗中有火，也有古典的形式感。他只活到三十八岁。

惠特曼和梅尔维尔

　　读过惠特曼的诗再去了解他的生平，往往会有某种失落感，因为"惠特曼"这个名字实际上指向两个人：谦逊的作者和半神般的主人公。下面我们将探讨这种两重性的原因，先从第一个惠特曼说起。

　　瓦尔特·惠特曼（Walt Whitman，1819—1892）出生在美国长岛，是英国人和荷兰人的后裔。他父亲是个木屋工匠，他也一度以此为生。惠特曼从小就对大自然和阅读表现出浓厚的兴趣，熟读《一千零一夜》、莎士比亚和《圣经》。一八二三年，全家搬到布鲁克林；他先后当过印刷工、教书、自办报纸，二十一岁时不太情愿地接任《布鲁克林每日鹰报》编辑，最终在一八四七年丢掉了这份工作。那时他在文学方面尚无建树，仅写过一部反禁欲小说和一些平庸的诗。一八四八年，他应邀到新奥尔良，变化发生了——有人说是一场感情经历，也有人说是一次彻底改造他的神秘主义体验——一八五五年，第一版《草叶集》问世，收录十二首诗，获得了爱默生热情、中肯的来信。惠特曼平生共出过十二版《草叶集》，每次都会纳入新作。从一八六〇年第三版开始，一些大尺度、闻所未闻的情色诗令许多读者瞠目结舌；在一次长长的街头漫步中，爱默生曾经苦心劝他，多年以后惠特曼承认这位康科德圣人的话无可辩驳，但他拒绝接受。

内战期间，惠特曼在血站和战地医院当护士，据说伤员们看到他就不那么痛苦了。一八七三年年初，他开始半身不遂，三年后勉强赴加拿大和美国西部旅行，但一八八五年病情再次恶化。与此同时，他的名字也传遍美欧，随便说点什么都会被学生们记录下来。一八九二年，惠特曼在卡姆登辞世，闻名遐迩又老境凄凉。

惠特曼的作品是讴歌美国民主的弥赛亚式史诗。虽然钟爱诗人丁尼生[1]，但他知道自己需要采取不同的表达：美国街头和边疆地区的口头语；他还常常掺杂（尽管多数并不恰当）原住民语言、西班牙语和法语词，以涵盖这片大陆的每个地区。在形式上，他摒弃了规整押韵的句子，转用《圣经》赞美诗式长段的素体诗。

但在以往的史诗中，占据主导的往往只是一位英雄，例如阿喀琉斯、尤利西斯、埃涅阿斯、罗兰或熙德，而惠特曼笔下的英雄是所有的人。他写道：

> 这真是各时代各地方所有的人的思想，并不是从我
> 才开始，
> 如果这些思想不是一如属我所有一样同样也属你们
> 所有，那它们便毫无意义，或是很少意义，
> 如果它们不是谜语和谜底的揭示那它们便毫无意义，
> 如果它们不是同样地既接近又遥远那它们便毫无意义。

---

1 Lord Alfred Tennyson（1809—1892），英国维多利亚时期最具代表性的诗人之一，主要作品有《悼惠灵顿公爵之死》、《轻骑兵进击》、《国王叙事诗》、《伊诺克·阿登及其他诗歌》等。

这便是凡有陆地和水的地方都生长着的草，

这便是浸浴着地球的普遍存在的空气。[1]

书中的"惠特曼"是个集合人物，既是作者，也是每一位读者，无论他在当下或未来。这就能解释作品中一些明显的矛盾，比如某处说他生在长岛，另一处又说是南方；《从巴门诺克开始》也以虚构的生平开篇，提到矿工——他从没干过的职业，提到"在平原上吃草的野牛群"——其实他也没去过。

《向世界致敬》展现了一个整体视角，白昼与黑夜同在。在他看见的诸多事物中，我们的潘帕斯草原也在其列：

我看见横越平野的高乔，

我看见胳臂上搭着套索的矫健无比的骑手，

我看见人们为了猎取皮革，在大草原追逐野牛群。

1　译文参见楚图南译《草叶集》，人民文学出版社，1978 年再版。

惠特曼仿佛是从朝霞里歌唱，约翰·布朗写道，惠特曼和他的后继者代表了一种观念，即美国是一个值得诗人庆祝的新事件，而埃德加·爱伦·坡和其他一些人却认为自己的国家不过是欧洲的纯粹延续。美国文学史将会是这两种思想不断冲突的结果。

正如马克·吐温、杰克·伦敦以及很多美国作家一样，赫尔曼·梅尔维尔（Herman Melville, 1819—1891）度过了惠特曼梦想却未能实现的那种冒险生活。他生于纽约，祖上是苏格兰的名门，十五岁那年父亲破产，生活由此陷入贫困。他先后做过银行职员、农场工人和乡村教员，一八三九年成为见习水手，从此与大海结下长久的友谊。一八四一年，他随一艘捕鲸船出海太平洋，行至马克萨斯群岛时逃跑，被食人生番俘虏了一段时间。他于一八四七年结婚，先在纽约定居，后迁往马萨诸塞州一座庄园中，在那里结识了霍桑，后者对他最重要的作品《白鲸》（*Mobby Dick*）产生了深刻影响。在生命的最后三十五年里，他一直在海关工作。

梅尔维尔写航海探险书、鬼怪讽喻小说、诗歌、短篇故事，当然还有代表性的《白鲸》。短篇故事中值得回顾的有《水手比利·巴德》（*Billy Budd*），主题是正义和法律的较量；《贝尼托·塞莱诺》（*Benito Cereno*）从某种意义上说是约瑟夫·康拉德《"水仙号"的黑水手》的雏形；《抄写员巴托比》（*Bartleby*）的氛围则与后来卡夫卡的作品不谋而合。《白鲸》的风格中能感觉到卡莱尔和莎士比亚的影响，某些章节更像是戏剧场景的设定，让人过目不忘的句子随处可见：开头几章中有一段描写神父跪在布道坛上祷告的场景，那么虔诚，"像个跪着从大海深处祷告的凡人"。"莫比·迪克"是白鲸的名字，也是邪恶的象征，故事情节围绕着对这头白鲸的荒唐猎捕展开。有趣的是，鲸作为魔鬼的象征早在九世纪盎格鲁－撒克逊人的一本动物寓言集中就出现了，而白色之恐怖同样是爱伦·坡《亚瑟·戈登·庇姆述异》的主题之一。梅尔维尔在文中否认这是讽喻，事实上确有两个解读层面：对想象事件的叙述，以及象征。

　　《白鲸》的重要意义和深远创新并没有在当时得到认识，一九一二年版的《大不列颠百科全书》还仅仅把它当作一本冒险小说。

　　可以说，一八五〇到一八五五这五年是美国文学最为重要的时期之一：一八五〇年，霍桑的《红字》和爱默生的《代表人物》诞生；一八五一年，《白鲸》完成创作；一八五四年，梭罗出版了《瓦尔登湖》；一八五五年，惠特曼的《草叶集》问世。

西　　部

　　随着美国领土不断向西、向南扩展，以及美墨战争和征服西部进一步延长本已辽阔的边界，远离新英格兰清教传统和康科德超验主义的新一代作家开始涌现。如果说朗费罗和蒂姆罗德尚处于英国文学传统之中，那些自密西西比甚至加利福尼亚一隅发出声音的人都不必反抗这种传统了。他们中的第一位是萨缪尔·兰亨·克莱门（Samuel Langhorne Clemens，1835—1910），他让"马克·吐温"这个笔名传遍了世界。

　　克莱门当过排字工人、记者、轮船领航员、南方陆军少尉、加利福尼亚淘金者、幽默作家、演讲者、报社主编、小说家、编辑、生意人、美国和英国大学的名誉博士，以及在他生命的最后几年——一位名流。他出生在密苏里州的一个小村庄佛罗里达，居民不过百人，马克·吐温很得意自己的降生使家乡人口增加了百分之一——这是"一件许多杰出人物都没能为祖国做到的事"。不久以后，他们一家搬到了密西西比河畔的汉尼拔市。对河水的眷恋和想象伴随了他一生，也成为他最好的作品的灵感来源，比如《汤姆·索亚历险记》和《哈克贝利·费恩历险记》。二十一岁的时候，他计划去探寻亚马孙河的源头，但到达新奥尔良后却决定留下来做一名领航员。这段日子让他结识了各种各样的人，多年后他写道："每次在小说或历史中碰到一个拥有特定品格的人，我都会特别感兴趣，因为我们认识，在河上认识的。"一八六一年南北战争的爆发迫使河运停止；服役十五天后，他随哥哥去了西部，两人乘大篷马车完成了漫长的穿越。在加利福尼亚的旧金山，作家布勒特·哈特和幽默作家阿蒂默斯·沃德将其引上了文学创作的道路；他开始采用"马克·吐温"这个笔名，测水员行话里"测标两寻"的意思。一八六五年，短篇《卡拉维拉斯县驰名的跳蛙》(*The Celebrated Jumping Frog of Calaveras County*) 为作家在美国初步建立了威望，随后便是巡回演讲，游览欧洲、圣地耶路撒冷和太平洋，创作后来几乎被翻译成所有语言的名篇，结婚，生活安逸，经济陷入困境，妻女去世，声名和隐秘的孤独，以及悲观。

对于同代人来说，马克·吐温是一位幽默作家，他的每一件小事都通过电报到处传播；虽然今天看来，他的玩笑似乎已经不那么好笑了，但《哈克贝利·费恩历险记》却留了下来，并将永远流传下去，就像海明威所说的那样，堪称美国小说之最。这部书的风格是口语化的，两个主人公——一个淘气的白人孩子和一个逃命的黑奴——夜里乘木筏顺密西西比河而下，向我们展示了美国内战前的南方生活；孩子出于一种自己也说不清的慷慨帮助黑奴，但同时又因为做了帮凶而内疚，毕竟这是村里一位小姐的"私产"。这本书充满了对晨昏、对两岸沃野的生动描写；受其影响，又有两部相似的小说产生，分别是吉卜林的《基姆》（*Kim*, 1901）和里卡多·吉拉尔德斯的《堂塞贡多·松布拉》（1926）。该书出版于一八八四年，是美国作家第一次不带任何矫饰地使用美式英语。约翰·布朗写道："《哈克贝利·费恩历险记》教给所有美国小说怎样说话。"

马克·吐温出生那年，哈雷彗星曾划破长空，他预言说自己能活到它返回的那一年。这话果然应验了：一九一〇年，彗星重返，马克·吐温逝世。

小说家豪厄尔写道："爱默生、朗费罗和霍姆斯——他们我都认识——比较相似，但克莱门却不同，他没有谁可以相比，他是我们文学上的林肯。"

美国在西部所攫取的荒芜地区之大，驱使拓殖者从事各式各样的工作。出生于奥尔巴尼、马克·吐温的朋友兼保护人布勒特·哈特就先后当过老师、药房伙计、矿工、邮递员、排字工人、记者、短篇小说作家、杂志《黄金时代》（*Golden Era*）的长期撰稿人，以及自一八六八年起、西海岸第一家重要杂志《大陆月刊》（*The Overland Monthly*）的主编，并在此发表了一些震撼人心的短篇小说，如《咆哮营的幸运儿》（*The Luck of Roaring Camp*）、《扑克滩放逐的人们》（*The Outcasts of Poker Flat*）和《田纳西的合伙人》（*Tennessee's Partner*），后来辑入《加利福尼亚速写》（*The Californians Sketches*）中，或可算作美国西部在文学作品中的第一次亮相。还有一首题为《异教徒中国佬》（*The Heathen Chinee*）的讽刺体诗，让他获得了东西海岸的一致好评。一八七八年，他申请并被任命为普鲁士克雷菲尔德市的领事，后来又被调往格拉斯哥，在伦敦度过了生命的最后几年。

布勒特·哈特和马克·吐温是西部文学的代表作家，但并非生于西部。约翰·格利菲斯·伦敦（John Griffith London，1876—1916），也就是后来的杰克·伦敦，才是地道的加州旧金山人。他经历的坎坷和前面提到那些作家差不多，深切了解贫穷的味道，做过庄园工、农场工，卖过报纸，当过流浪汉、团伙首领和水手，对乞讨和监狱都不陌生。后来他决心接受教育，三个月看完两年的学习材料，成功进入加利福尼亚大学。一八九七年，阿拉斯加发现金子，伦敦立即决定去探险，在最冷的季节穿越了齐尔库特；发财梦落空之后，他和两个同伴划敞篷小船渡过了白令海峡。一九〇三年，《野性的呼唤》出版，共卖出一百五十万本，讲述了一只狗进入狼群最终变成狼的故事，远比此前《他的祖先的上帝》（*The God of his Fathers*）成功。一九〇四年日俄战争期间，他被任命为通讯记者。杰克·伦敦四十多岁就去世了，留下大约五十本书，这里要着重提一下：《深渊里的人们》（*The*

People of the Pit），为了写这本书，他曾亲自到伦敦底层探寻；《海狼》，主人公是一位冷酷的船长；《在亚当之前》（*Before Adam*），一部描述史前人类的小说，叙事者在断续的梦境中重拾进化过程中的艰难岁月。杰克·伦敦也写过令人赞赏的探险和鬼怪故事，比如《阴影和闪光》（*The Shadow and the Flash*），讲述了两个隐形男人之间的剑拔弩张和最后的决斗。他的风格是现实主义的，但这种现实是再创造和升华过的。激励他生活的勇力也激励着他的作品，使其至今仍吸引着年轻一代的读者。

　　弗兰克·诺里斯（Frank Norris，1870—1902）出生于芝加哥，但他的作品也应该包括在西部文学中。他在旧金山接受教育，后赴巴黎学习中世纪艺术，还先后在南非和古巴做战地记者。他最初走浪漫主义路线，但在世纪末受到左拉影响转向自然主义，并出版了小说《麦克提格》（*Mc Teague*，1899），背景设置在旧金山下层社会。他还计划写作"小麦史诗"三部曲，可惜走笔至其从生产到股市交易、还差出口欧洲时病卒。不同于他依赖图书馆的导师，弗兰克·诺里斯在动笔之前去加州的农场帮工"调研"。他认为某些非人的力量——小麦、火车和供求规律——比人类个体更重要，甚至会掌控个体。但他也相信永生。一般认为诺里斯是西奥多·德莱塞的前辈，他帮助后者出版了第一部小说《嘉莉妹妹》。

十九世纪的三位诗人

　　与他的诗歌理论和评述相比，西德尼·拉尼尔（Sidney Lanier，1842—1881）的履历似乎有些平淡。他出生在佐治亚州梅肯市，祖先是来自苏格兰的胡格诺派教徒。他最大的爱好是音乐，晚年因长笛演奏而得名。内战时期，他在南方联盟服役四年，后来被北方俘虏；那时他已经得了结核病，自由被剥夺——只能与长笛相伴——更加重了他的病情。拉尼尔在一封信中写道："我活着，仅仅为了不死。"他把毕生精力都用在了教育、法律、音乐、浪漫派书籍的编纂和盎格鲁－撒克逊诗歌的研究上，还曾于一八七九年在约翰霍普金斯大学教授英语诗歌。

　　魏尔伦说过"音乐性是首要的"，西德尼走得更远：他认为乐器和诗歌的乐理在本质上是相通的，前者的方法和规则同样适用于后者；他宣称诗律学中最重要的是节奏而非音调；他对音乐性的追求也是形而上的思辨，这一点跟十七世纪的英国诗人们很像。他批评惠特曼混淆了数量和质量："以为草原辽阔，就可以赞美放浪，以为密西西比河长，美国人就个个都是上帝。"拉尼尔没能成为一位伟大的诗人——要用写作来证明预设的理论束缚住了他的灵感，但他留下了优美的诗行，包括那些诗律学论文、自传体小说《虎斑百合》（*Tiger-Lilies*，1867），还有对莎士比亚及其影响源的研究，都应该被我们记住。

在当时的北方，约翰·格林里夫·惠蒂埃（John Greeleaf Whittier，1807—1892）同涉猎广泛、学识渊博的朗费罗一样受欢迎。他出生在马萨诸塞州黑弗里尔，同他的父母一样是教友派成员，即通常所称的贵格会教徒。该会从十七世纪创立之初就反对任何形式的暴力，只作为医护人员参与战争，偶尔出现在战场上。用现在的话说，惠蒂埃是一位"介入诗人"，为废除奴隶制度写下了响亮的诗句，但也正像这类诗人一样，他所支持的事业的胜利遮蔽了他作品的价值。文学选集常常收入他的《大雪封门》（*Snow-Bound*），一首生动描绘新英格兰一场大雪的长诗。惠蒂埃源自对"全国"认识的"美国味"让他并不止步于地区性的"乡土主义"。

艾米莉·狄金森（Emily Dickinson，1830—1886）通常被看作最后一位超验主义诗人。她出生在马萨诸塞州阿默斯特镇，并在那里度过了几乎全部时光。她父亲是一位老派的清教徒，在她眼中"圣洁而可怕"，让她爱戴却不敢亲近。爱德华·狄金森是一名律师，他送书给女儿，又奇怪地叮嘱她不要去读，以防它们打破心灵的平静。虽然清教作为政治团体已不复存在了，但信徒们仍然保持着那种生活方式，严格自律、安于归隐。二十三岁那年，艾米莉去华盛顿探望父亲，在回家的路上结识了一位牧师，两人很快坠入爱河；但是由于他已有家室，他们的爱情最终无果。她是一个美丽又爱笑的姑娘，喜欢跟笔友通信、同家人聊天，不厌其烦地读那为数不多的几本书——济慈、莎士比亚和《圣经》，在小狗卡洛的陪伴下到郊外散长长的步、写短短的诗——共有几千首之多，却从不在意是否要出版。有时她连续几年也不踏出家门半步。她在一封信中写道："先生，您问起我的朋友，山丘、落日，还有一只跟我一般个头的狗——那是父亲给我买的——它们比任何人都重要，因为它们什么都知道，又什么都不计较；正午时分河水静静地流淌，远比我的钢琴动听。"在另外一封信中，她还说："我没有画像，我像只小鸟那么小，头发是栗色的，眼睛的颜色就像客人留在杯子里的雪利酒。"

狄金森跟爱默生有明显的不同，但他们的诗歌作品是相似的，而且，与其说她受到他的影响，不如说是他们共处的清教环境使然。他们都是智识型的诗人，都不在意诗歌要多甜蜜，都用词抽象，只不过爱默生更通达，狄金森更细腻。当然，数以千计的、不带出版意识的作品难免良莠不齐，但在那些最为杰出的诗篇当中，神秘主义的激情和诗人的聪颖融合在了一起，正如塞缪尔·约翰逊称为"形而上"的十七世纪英国诗人，或者某种程度上的西班牙"警语派"。狄金森的想法并不出奇，比方说"人归于尘土"的思想，但她能把它转化成精巧的诗句："这粒安静的尘土曾是男人和女人。"在另一首诗中，她认为只有经历过失败的人才能懂得成功；还有一首，直译过来是："我得到的消息，是每天来自不朽的快讯，今天／明天，我唯一看的节目，也许只是永恒。我找不到任何人／除了上帝，除了存在／没有别的路；等我走完这一程，如果还有别的消息／还有精彩的节目，我会告诉你。"除了前面提到的罗曼史，狄金森可能还经历过一段感情，因为她写道："在死掉之前，我已经死过两次；永恒还会让我经历第三次吗，就像前两次那样广阔又难以捉摸。离别，是我们对天堂体验的全部，向地狱求取的一切。"

叙 事 作 家

威廉·西德尼·波特（William Sydney Porter, 1862—1910），即大名鼎鼎的欧·亨利（O. Henry），生于北卡罗来纳州格林斯伯勒，当过药房售货员，也做过记者。像胡安·曼努埃尔·德·罗萨斯[1]一样，他把字典从头读到尾，以便获得各种知识。一八九五年前后，他在奥斯汀的得克萨斯银行当出纳员，因被控侵吞公款逃往洪都拉斯，得知妻子病危潜回国，目睹了她的弥留，随后被捕入狱三年。埃德加·爱伦·坡曾宣称所有小说的展开都应服务于尾声，欧·亨利发展了这一主张直至形成障眼法小说，一种结局埋伏意外的故事，虽然这一模式长期使用便流于刻板了。不管怎么说，诸如《麦琪的礼物》（收录在一九〇六年小说集

《四百万》中）这样精悍而感人的大师级作品，欧·亨利给我们留下了不止一篇；他的其他作品还包括数部长篇小说和一百多个短篇，反照出迷失在怀旧情绪中的纽约和充满了老式冒险家的西部。

埃德娜·费勃（Edna Ferber，1887—1968）生于密歇根州卡拉马祖，她的长短篇小说与戏剧有意构建美国的史诗，涵盖不同年代与地区：《演艺船》（*Show Boat*，1926）中的人物是密西西比的赌徒和巡回演员；《壮志千秋》（*Cimarron*，1930）以浪漫的手法讲述了对西部的征服；《美国丽人》（*American Beauty*，1931），一群波兰移民的沉浮变迁；《夺妻记》（*Come and Get It*，1935），威斯康星的森林业；《萨拉托加十线》[2]（*Saratoga Trunk*，1941），萨拉托加的温泉疗养地中一群来历不明者的明争暗斗；《巨人》（*Giant*，1950），得克萨斯的发展。她的很多作品都被改编成了电影。

青年作家斯蒂芬·克莱恩（Stephen Crane，1870—1900）

1　Juan Manuel de Rosas（1793—1877），1829 到 1852 年间统治阿根廷，是拉丁美洲第一个考迪罗主义统治者。

2　同名电影中译《风尘双侠》。

生于新泽西州纽瓦克，是威尔斯[1]的好朋友（被其自传充满钦佩地怀念），留下至少两部佳作：短篇小说《海上扁舟》(*The Open Boat*) 和长篇小说《红色英勇勋章》(*The Red Badge of Courage*)，后者讲述了南北战争期间，一名新兵通过种种考验认识自己到底是勇敢者还是懦夫；战争期间每位士兵的孤独、对行动战略的毫不知情、胆量和恐惧的交替涌现、感觉无穷无尽却发现交锋时间很短的错愕、胜利夺取的土地之小，以及"疲惫者的英雄梦想"，都包含在这部生动的作品所涉及的诸多内容中，其唯一不足或许在于隐喻过多。

克莱恩在墨西哥做过记者，在希腊和古巴做过战地通讯员，患结核病死于德国。他的十二卷作品中也包括了两部诗集——《黑色骑手》(*Black Riders*) 和《战争是仁慈的》(*The War is Kind*)。

西奥多·德莱塞 (Theodore Dreiser, 1871—1945) 某些风格处理有克莱恩的影响，但这种影响是偶然的。克莱恩行文生动、精简，偏爱警语式的讽刺；德莱塞则通过坚持、积

---

1 此处指赫伯特·乔治·威尔斯 (Herbert George Wells, 1866—1946)，英国著名小说家，创作的科幻小说影响深远，著有《时间机器》等。

累和篇幅达到效果（当然效果也很可观）；前者想象现实，后者则似乎对现实做过研究。德莱塞生于印第安纳州特雷霍特，父母是德国移民、虔诚的信徒，早期生活的贫困令他渴望金钱及其带来的权力，这种渴望直接投射在了小说《金融家》（*The Financier*)、《巨人》（*The Titan*) 和《斯多葛》（*The Stoic*)的主人公身上。阅读巴尔扎克、斯宾塞、赫胥黎使他觉得存在是各种力量之间戏剧性但并不明智的矛盾冲突。一九〇〇年，德莱塞出版小说《嘉莉妹妹》（*Sister Carrie*)，但不久被禁，加上评论的敌意与不理解，令其性格更加暴躁。在他后来的作品《珍妮姑娘》（*Jennie Gerhardt*)、《天才》（*The Genius*)、《壁垒》（*The Bulwark*)、《美国悲剧》（*An American Tragedy*)中，早期的现实主义更加突出，并表现出对美和风格修饰的不屑。他认为既然宇宙本来就是杂乱无序的，完全的道德圆满也就不可能实现，我们有责任变得富有或者试图变得富有。他的作品以绝望和有力的真诚表达了这一想法。一九二七年前后，德莱塞成为一名共产主义者并访问苏联。尽管他观点强硬，其实身上有着深刻的浪漫特质。

实业家舍伍德·安德森（Sherwood Anderson，1876—

1940）几乎到四十岁"高龄"才发现自己的文学才能。他生于俄亥俄州卡姆登，故乡启发了他日后创作中最为恒定的那一部分。他参加过古巴战争，一九一五年前后定居渐渐成为文学中心的芝加哥。在诗人卡尔·桑德堡的影响下，他创作了第一部长篇小说《饶舌的麦克佛逊的儿子》（*Windy Mcpherson's Son*），主题是一个对生活感到不满的人逃离周边环境、寻找真理，这也构成他之后所有作品的主题并反映了他自己的人生道路。一位英国批评家曾指出舍伍德·安德森是通过真实或想象的事件片段思考的，这就能解释为什么他的短篇小说普遍比长篇小说好，比如题为《俄亥俄，温斯堡》（*Winnersburg*，*Ohio*，1919）的集子，尽管好坏参差，仍不失为他最重要的作品。

他结过四次婚，曾在弗吉尼亚州马里恩同时担任共和党和民主党报刊主编多年。

一九三〇年，辛克莱·刘易斯（Sinclair Lewis，1885—1951）获诺贝尔文学奖，是当时国际上最受认可的美国小说家。他生于明尼苏达州索克森特，落笔处处讽刺，一九二六年还曾拒领普利策奖，因此不少人猜测瑞典皇家学院主要是借他宣扬反美。刘易斯书中的角色人性化且不乏真实的矛盾，都是一些典型：巴比特[1]是生活在平淡的友谊与情感之中、为寂寞所困扰的商人；埃尔默·甘特利是个饶舌的牧师，生活不检点又贪婪，既犬儒又伪善[2]；阿罗史密斯，献身事业的医生[3]；多兹沃兹，富裕、疲倦，想在欧洲获得重生[4]；《大街》（*Main Street*，1920）描述了西部广阔的农业平原上一个偏僻小镇的乏味。

一九〇六年前后，刘易斯参加了由厄普顿·辛克莱创建的乌托邦农场（Helicon Home）。在写作现实主义小说之前，他还尝试过戏剧、新闻和浪漫主义小说。无论起初的个人主义者还是后来的社会主义者，他本质上都是虚无主义的。

约翰·多斯·帕索斯（John Dos Passos，1896—1970）——让－保罗·萨特眼中当代最伟大的作家——一八九六年生于芝加哥，是葡萄牙和美国后裔，毕业于哈佛大学，一战期间参军，后在西班牙当战地记者，到过法国、墨西哥和近东地区。

1　参见《巴比特》（*Babbitt*），王永年译本，作家出版社 2006 年。
2　同名小说《埃尔默·甘特利》主人公。
3　同名小说《阿罗史密斯》主人公。
4　同名小说《多兹沃兹》主人公。

他的作品趋于大众化，浩繁但在某种程度上是匿名的，书中人物的存在感不及他们周围的人群；作者的内心情感则被排挤到他称为"暗房"的部分，为外部环境所害。评论公认多斯·帕索斯最重要的作品是美国三部曲，给人留下悲伤、一切价值都不复存在的最终印象，因为苦于缺乏热情和信仰。多斯·帕索斯将新闻的排版方式以及信息并置、粗浅易读等特点引入了小说中。他的戏剧和诗歌创作不如叙事体精彩。他的作品能否永远流传我们不得而知，但他技巧上的重要性是不可否认的。

这一章里我们提到了很多有才华的作家，接下来这位更是个天才——虽然是一种刻意甚至是恶意混乱的天才——威廉·福克纳（William Faulkner，1897—1962），生于密西西比牛津镇；在他的诸多作品中，穷苦白人和黑人居住的村寨环绕着一个落后、陈旧的县城，形成"约克纳帕塔法世系"[1]。一

---

1 福克纳通过诸多长、中、短篇小说，以约克纳帕塔法县为核心构建的文学模式，反映了美国南方社会在二战后一个多世纪间的兴衰。Yoknapatawpha 一词源自契卡索印第安语，意思是"河水慢慢流过平坦的土地（Yok'na pa TAW pha）"。

战期间他加入英国皇家空军[1]；后来写诗、为新奥尔良的刊物撰稿，还写过数部著名小说和电影剧本。一九四九年，他被授予诺贝尔文学奖[2]。正如今天已经被遗忘的亨利·蒂姆罗德，福克纳在美国文学中象征着南方——农业、封建，在十九世纪最激烈和血腥的一场战争中（美国南北战争比起拿破仑战争和普法战争也毫不逊色）历经无数牺牲与勇气最终屈服的南方；蒂姆罗德面前是最初的希望和胜利，而福克纳则以史诗般的笔触描绘了数代以来南方的衰败。他想象的冲动常常达到莎士比亚的高度。该对他进行一次彻底的审查，或许他认为对这个迷宫般的世界，更为迷宫的文学技巧才能与之相配。福克纳的作品除了《圣殿》（*Sanctuary*，1931），几乎从不直接讲述沉重的情节，而需要通过乔伊斯《尤利西斯》最后一章中那种令人不适的手法、通过曲折的内心独白来解码、预测，比如《喧哗与骚动》（*The Sound and the Fury*，1929），康普生一家的衰落和悲剧经由四个不同时刻的缓慢列叙呈现出

---

1 原文误作加拿大皇家空军。根据历史资料，福克纳从未被吸收到该军队，也没有上过战场。
2 原文误作 1964 年卒。

来，反映了三个人物（其中一个是白痴）的所感、所见及所忆。福克纳的其他重要作品包括《我弥留之际》（*As I Lay Dying*，1930）、《八月之光》（*Light in August*，1930）、《押沙龙，押沙龙！》（*Absalom, Absalom!*，1936）、《坟墓的闯入者》（*Intruder in the Dust*，1948）。

欧内斯特·海明威（Ernest Hemingway，1898—1961）生于伊利诺伊州奥克帕克，童年留下了密歇根湖畔和森林中悠长假期的深刻印记。他和做乡村医生的父亲一样喜欢打猎和捕鱼，但他不愿学医，先做了记者，一战爆发后又加入意大利军队。

海明威在战争中受了重伤，获得十字军功奖章。一九二一年前后，他定居巴黎，结识了格特鲁德·斯泰因、埃兹拉·庞德、福特·马多克斯·福特[1]以及后来他在小说《春潮》（*The Torrents of Spring*，1926）中戏仿的舍伍德·安德森。同年发表的《太阳照常升起》（*The Sun Also Rises*）使他成为同辈中最年轻的作家，继以一九二九年的《永别了，武器》（*A*

1　Ford Madox Ford（1873—1939），英国小说家、诗人和批评家。

Farewell to Arms）。海明威在近东和西班牙当战地通讯员，在非洲猎狮，种种经历都反映在作品中，但他做这些不是出于文学目的而是真心喜欢。一九五四年，瑞典皇家学院授予其诺贝尔文学奖，表彰他对人类英雄品质的赞颂。受创作力衰竭和精神疾病的困扰，一九六一年，海明威离开疗养院自杀，痛恨自己把精力都花在了肉体的冒险上而没有投入单一、纯粹的智性锻炼。

一九二三年的《三个故事和十首诗》（*Three Stories and Ten Poems*）及一九二四年的《在我们的时代里》（*In Our Time*）描绘了他在密歇根森林中的童年记忆；《太阳照常升起》则写了他在巴黎的波西米亚生活；《没有女人的男人》（*Men without Women*）中的十四个短篇展现了斗牛士、拳击手和城市黑帮的勇猛；《永别了，武器》记录下他在意大利的战争经历和战后的幻灭；一九三二年的《午后之死》（*Death in the Afternoon*）写斗牛和死亡；一九三三年《胜者无所得》（*Winner Take Nothing*）十四个短篇传达了他的虚无主义；在一九三五年的《非洲的青山》（*The Green Hills of Africa*）里，对写作艺术的分析与观察交替出现，启发了他后来写短篇小说《乞力马扎罗的雪》（*The Snows of Kilimanjaro*）和《弗朗西斯·麦康伯短促的幸福生活》（*The Short Happy Life of Francis Macomber*）；一九三七年起，海明威开始寻求道德支撑，一九四〇年出版关于西班牙内战的小说《丧钟为谁而鸣》（*For Whom the Bell Tolls*），题目典出邓恩[1]的一篇布道；一九五〇年的《过河入林》（*Across the River and Under the Trees*）讲述了年龄悬殊的两个人的爱情；《老人与海》（*The Old Man and the Sea*）则是一位老人与一条鱼勇敢而孤独的搏斗。

海明威就像吉卜林一样，把自己看作一位手艺人、一个小心翼翼的工匠。对他来说，最重要的是在死亡面前能以一件完美的作品辩白自己的存在。

---

1 John Donne（1572—1631），英国玄学派诗人，海明威该篇名出于其 1624 年《祷告》中的一首诗。

移居国外的作家群

亨利·詹姆斯（Henry James，1843—1916）是首位也是最杰出的一位去国者，是实用主义创始人、哲学家和心理学家威廉·詹姆斯（William James，1842—1910）的弟弟。他们的父亲希望两兄弟能够像斯多葛学派一样，成为世界公民并养成成熟的行为和思考习惯。他不相信学校，因此，威廉和亨利游历意大利、德国、瑞士、英国和法国，在家庭教师的指导下学习他们感兴趣的课程。一八七五年，在哈佛法学院短期学习后，亨利最终离开新英格兰定居欧洲。一八七一年，他的第一部长篇小说《时刻戒备》（*Watch and Ward*）出版；一八七七年《美国人》（*The American*）问世，其主人公虽然深受侮辱，但在最后一章里还是放弃了到手的报复机会。

亨利·詹姆斯重写过这部作品：原本放弃是出于其高贵的品质，而在另一个版本中则认为报复会让他和敌人们更相像，对这些对手，他选择忘记。

亨利·詹姆斯与福楼拜、都德、莫泊桑、屠格涅夫、威尔斯和吉卜林都是朋友。在二十世纪初，他的境遇很奇特：所有人都赞美他，并称他为大师，可是却没有人阅读他的作品。厌倦了这种"名望"，他希望拥有更多读者，于是转而写作戏剧，但并未获得成功。一九一五年，由于美国尚未参加第一次世界大战，亨利·詹姆斯便加入英国国籍，以此表达对协约国的支持。他生于纽约，死后骨灰安放在马萨诸塞州的一处墓地。

与爱默生和惠特曼不同，受福楼拜影响颇深的亨利·詹姆斯认为一个古老和复杂的文明是实践艺术不可或缺的条件。他还认为美国人虽然在道德层面胜过欧洲人，但在智性层面稍逊，所以他早期作品（之前已经提到一部）总是旨在突显这两类人的对比。小说《使节》（*The Ambassadors*，1903）的那位清教徒主人公兰伯特·斯特雷瑟奉与他订婚的寡妇纽森夫人之命前往巴黎，试图将她的儿子查德从堕落中拯救出来，结果他本人竟被巴黎的魅力征服，感叹自己从前都白活了；由于无法忘记过去、尽情享受，他最终还是回到了美国。在此之前，一八九七年的长篇《梅茜的世界》（*What Maisie Knew*）还完全不同，通过一个小女孩不带任何怀疑的描述，隐约展现出种种令人厌恶的行为。

亨利·詹姆斯的短篇小说同样极有质感，读来更为有趣。最著名的《螺丝在拧紧》（*The Turn of the Screw*）故意写得模棱两可，并且充满了微妙的恐惧感；所唤起的三种解读都合于文本。《快乐的一角》（*The Jolly Corner*）讲述了一个美国人多年之后回到他纽约的家，在昏暗中遍屋追寻一个一直躲着他的人形；那个痛苦、伤残、跟他极像的东西就是他如果没有离开美国会变成的样子。《地毯上的图案》（*The Figure in the Carpet*）描写了一位小说家在自己浩繁的作品中暗藏了一个中心意图，但其最初并不可见，正如一张错综复杂的波斯地毯上的图案；作家去世之后，一批评论家投身于发掘那种秘密形式，但永远不会成功。《大师的教诲》（*The lesson of the Master*）中也有一位小说作家，他劝秘书不要娶一位来自澳大利亚的年轻女继承人，因为婚姻会影响他专心写作；后者听

69

取了建议，但小说作家自己却和那位姑娘结了婚，也不知道他的教诲是真心还是假意。《智慧树》（*The Tree of Knowledge*）里，主人公想方设法阻止一位已故雕刻家朋友的儿子了解父亲的作品有多平庸，最后一段揭示原来他一直就看不起父亲的作品。《伟大的好地方》（*The Great Good Place*）展示了亨利·詹姆斯之"病"——一座豪华的疗养院俨然天堂，看来他已经无法体验更大的快乐了。《私生活》（*The Private Life*）设定了两位主角：一位除了主持会议、接待使团和发表演说便会彻底消失，因为他其实什么人都不是；另一位是个诗人，既热衷于社交，又创作了大量作品。叙事者发现诗人像毕达哥拉斯一样分身有术，能一边参加聚会，同时又在房间里写作。渐渐地，亨利·詹姆斯将美国人在欧洲的困惑上升到人类在宇宙中的困惑，但他不相信道德、哲学或者宗教可以解决这些本质性的问题，他的世界已经是卡夫卡式的荒诞世界了。他的作品尽管发人深省、精密复杂，但尚有一个致命的缺点：远离生活。

格特鲁德·斯泰因（Gertrude Stein，1874—1946）的作品时常刻意晦涩，所以可能比不上她的个人魅力和新奇的文学理论。她出生于宾夕法尼亚州的阿勒格尼，曾师从心理学家威廉·詹姆斯，还学过医学和生物学，一九〇二年起随哥哥利奥定居法国。由于他精通绘画，她结识了毕加索、布拉克和马蒂斯，这些人后来都成了大家；他们的画作使她认识到色彩和形状对观众的震撼可以完全与其表现的主题无关。格特鲁德·斯泰因决定将这种原则运用到词汇上——词汇对她来说，从来都不是纯粹的意识形态符号。阔别三十年后，她在美国举办讲座解释自己的写作哲学，都是基于威廉·詹姆斯的美学理论和柏格森的时间理念。她坚持认为文学的目的是表达现时的瞬间，并将她个人的写作技巧与电影做了比较：两个完全一样的场景不会同时在屏幕上出现，其接续才给予人眼一种流动的连续性；因此她多用动词而少用名词，因为后者会破坏那种连贯。格特鲁德·斯泰因影响了三代艺术家，包括舍伍德·安德森、海明威、埃兹拉·庞德、艾略特和司科特·菲茨杰拉德。她最主要的作品有：《三个女人》（*Three Lives*，1908）、散文诗集《软纽扣》（*Tender Buttons*，1914）、《如何写作》（*How to Write*，1931）和《艾丽斯自传》（*Autobiography of Alice Toklas*）。

弗朗西斯·斯科特·基·菲茨杰拉德（Francis Scott Key Fitzgerald，1896—1940）出生于明尼苏达州的圣保罗，祖上是爱尔兰的天主教徒。一九一七年他放弃在普林斯顿大学的学业应征入伍，希望实现最初的梦想之一：做个勇敢的军人，但没等上场战争就结束了。他的一生都在追求至善——青春、美、高贵和财富的至善，因为它们能让人更加慷慨、无私、彬彬有礼。他作品中的人物沿袭他的个人经历，他最初的憧憬和最后的醒悟。在众多作品中，有两部最为突出：《了不起的盖茨比》（*The Great Gatsby*, 1925），讲述了男主人公努力重拾年轻时的爱情却终告失败；这段旧情不啻为对"新世界"这个古老美国梦的一种追忆，黛西和她的丈夫布坎南这些富豪、强者维持了联合，而盖茨比却被毁灭了。技巧上更胜一筹的《夜色温柔》（*Tender is the Night*, 1934）则展现了一个去国者的轨迹，他为了掩饰感情上的失败又回到美国。与同代作家相比，斯科特·菲茨杰拉德更多地表现了一战后的时代。

朗费罗的远亲埃兹拉·庞德（Ezra Loomet Pound, 1885—1972）是一位极具争议的诗人，被艾略特称为"最卓越的匠人"，并尊为大师，但也被罗伯特·格雷夫斯视为模仿者。庞德出生于美国爱达荷州海利镇，毕业于宾夕法尼亚大学并曾留校任教。一九〇八年，他的第一本书《灯火熄灭之时》（*A Lume Spento*）在威尼斯出版，从那时候到一九二〇年，他一直生活在伦敦，为了强调自己是美国人，时常穿着牛仔的装束出现在文学圈的聚会上，还带着一根鞭子，每次对弥尔顿语出讥诮都要拿出来挥舞一番。庞德是哲学家休姆[1]的信徒，并由此发展出"意象主义"，旨在将诗歌从所有的感伤和修辞中解脱出来。一九二八年，因"对美国文学的贡献"，他荣获《日晷》杂志诗歌奖。自一九二四年起，庞德移居意大利拉帕洛，与法西斯势力交往日深，并在电台为其大肆宣扬，甚至直到美国参战也一仍其旧。一九四六年，他被押回国、问叛国罪[2]，幸得认定精神失常而免于受审，移住精神病院生活多年。有人认为这种处置只是帮他免除牢狱之苦的策略，也有人认为他真的疯了。尽管如此，一九四九年庞德依然凭借《比萨诗章》（*Pisan Cantos*）荣获了博林根诗歌奖，这

---

1 Thomas Ernest Hulme（1883—1917），英国诗人、评论家，对欧美现代主义的发展有较大影响。
2 实际上美国法院于 1942 年即将其缺席审判为"叛国罪"，此处疑误。

是他被美军囚禁在意大利俘虏营时创作完成的。令人不解的是，他认为杰斐逊的民主理想可以与法西斯主义并存。现在[1]他居住在拉帕洛的一座古堡中（他的一个女儿嫁给了一位意大利贵族）。

庞德的作品包括诗歌、颇引争议的论文，还有源于汉语、拉丁语、盎格鲁－撒克逊语、普罗旺斯语、意大利语和法语的翻译，尤其是后者，受到很多学者的诟病；其实他们没能理解庞德寻求的目标：相比原文本义来说，他更看重词语的声响和节奏的复制。庞德最重要的作品是《诗章》（*Cien Cantos*），目前正在收尾，发表过的已有九十多章。据其"解经者"，在庞德之前，诗人所使用的写作单位是词汇，而现在则可以是大段不相干的段落，比如第一章就有二页用令人称道的自由体翻译的《奥德赛》第十一卷和对吉多·卡瓦尔康蒂[2]的审判，包括该诗人自己用意大利语写的按语；而最近的几章中有许多对孔子的引用，甚至直接插入汉字，这种新奇

1　本文写作的 20 世纪 60 年代末。
2　Guido Cavalcanti（约 1250—1300），意大利诗人，对好友但丁影响很大，也出现在薄伽丘的《十日谈》里，无神论者。

74

的创作被视为对诗歌写作单位的拓展。庞德称他是从汉语的象形文字得到启示的：一条横线画在一个圆形上方就代表黄昏，前者指示树枝，后者意在落日。最后的几章诗意少于教育意义。总之，这部作品很难或者根本让人读不懂，不过其中包含着某种难以捉摸的柔情，以及与惠特曼的几分神似。

托马斯·斯特恩斯·艾略特（Thomas Stearns Eliot，1888—1965）出生于密苏里州圣路易斯市，紧依密西西比河——他所谓"威武的棕色大神"[1]。他的家庭来自新英格兰，他先后就读于哈佛大学、巴黎索邦大学和牛津大学，曾为多家杂志供稿：《哈佛倡导者》（*The Harvard Advocate*，1909—1910)、《诗刊》（*Poetry*，1915)、《利己主义者》（*Egoist*，1917）——意象主义的阵地——后来创办并长期担任《标准》（*Criterion*，1922—1939）的主编。他也在劳埃德银行工作过，一九一八年应征美国海军未果，一九二七年入英国国籍。在离开美国十八年后，艾略特回到哈佛大学担任诗歌讲席教授。一九二二年，《荒

---

1 "（我不太了解神明；但我以为）这条河 / 准是个威武的棕色大神"，参见赵萝蕤译《四首四重奏·干燥的萨尔维吉斯》，收于《艾略特诗选》，山东大学出版社，1999年。

原》(*The Waste Land*)获得《日晷》杂志诗歌奖;一九四七年,艾略特获得诺贝尔文学奖和荣誉奖章[1]。

艾略特的创作涵盖文学评论、戏剧和诗歌,但我们想到他时往往忽略他的通才,而首先把他看作一位诗人和评论家。他最初的评论文笔清澈,十分推崇本·琼森、邓恩、德莱顿和马修·阿诺德,但对弥尔顿和雪莱评价不高。艾略特的这些文章,包括他对但丁的深入研究,都产生了并继续产生着广泛的影响,既让艾略特发现自我,对更年轻的诗人们也是一种激励。在论述诗体剧[2]之可能性的文章中,他说:"智性的要务在于净化、摒除思虑,或者说充分表达以使思虑成为多余。"除了《大教堂凶杀案》(*Murder in the Cathedral*,1935)之外,艾略特的戏剧作品没有留下令人印象深刻的人物;他希望为我们的时代创造一种几乎口语般自由的诗句,就像莎士比亚晚期以及他的后继者韦伯斯特和福特那样。他也使用

---

1 此处疑误,艾略特获诺贝尔文学奖应为 1948 年。
2 此处原文为 drama poético,对应艾略特自己的术语 poetic drama,"是既具有诗体剧(drama written in verse)同时又有'诗一般的戏剧'(drama as poetry)的含义的",参见吴晓妮:《T. S. 艾略特的诗剧理想和实践》,刊于上海戏剧学院学报《戏剧艺术》2000 年第 2 期,页 61(60—66)。

"信使"和"合唱队"等古典元素，后者在《家庭团聚》(*The Family Reunion*，1939) 中有着非常奇特的作用：代表了潜意识——剧中以现实方式对话的角色们会突然停下来，转而描述当时的感受，之后又回到原来的对话，完全无意于刚刚说过的奇怪诗句；在《大教堂凶杀案》中，合唱队传达出民众在国王的阴暗心理及其恶劣后果下所感到的无能和预见；在为庞德的选集写序时，艾略特声称这种"歌咏法"源自惠特曼、勃朗宁以及普罗旺斯和中国诗人，就好像自由诗出自对拉弗格和科比埃尔[1]的阅读。一九二二年问世的《荒原》象征了一种弃绝善恶观念的生活方式，其淡漠正反映了一战一九一八年结束之后普遍存在的幻灭。《圣灰星期三》(*Ash Wednesday*) 发表于一九三〇年，由六首诗组成，结尾描写风和海，但还没有出现船，象征着灵魂对神圣意志的托付。《四个四重奏》(*Four Quartets*) 应该算是艾略特最重要的作品，从一九四〇年开始陆续发表，一九四四年归集，形成一个意图

---

1 Tristan Corbière (1845—1875)，法国诗人，28 岁时出版了唯一的一本诗集《苦涩的爱》，但当时并未获得成功；诗人魏尔伦于 1883 年出版《被诅咒的诗人》，将其列为六位评价对象之首。

肯定而非否定的整体。四首诗的题目分别是英国和美国的四处地名；"四重奏"并非附会，正相反，四首诗的结构完全采取奏鸣曲式，可以分为五个乐章；作品的主题在《家庭团聚》中已经出现过，探讨基督教哲学中瞬间和永恒合而为一的可能性。

艾略特自认是文学上的古典主义者，政治上的保皇党，宗教上的英国国教徒。

爱德华·埃斯特林·卡明斯（Edward Estlin Cummings，1894—1963）出生于马萨诸塞州剑桥市，毕业于哈佛大学。第一次世界大战中，他在法国军队当救护车司机，却被当局无端关进集中营数月。他最著名的作品，出版于一九二二年的《大房间》（*The Enormous Room*），在十七世纪班扬的清教寓言作品《天路历程》的基础上加入大量自传性的描述，把那段牢狱生活渲染成了一段朝圣之旅。卡明斯的诗歌创作颇丰且别出心裁，比如一首十四行诗的开头说："上帝峥嵘的面孔，比汤匙还要闪亮，聚起一个可怕字眼的意象，直至我享受日月的生命，变得好像某种从未发生过的事。我是一个寻找狗的项圈，一只没有鸟的笼子。"

亨利·瓦伦丁·米勒（Henry Valentine Miller，1891—1980）出生于纽约城郊的布鲁克林区。和许多其他美国现代作家一样，他经历丰富，当过公司职员、裁缝、邮递员、推销员，开过地下酒吧，写过短篇小说和报章启事，有意思的是，还曾经以画水彩画为生。一九二八年他和第二任妻子前往欧洲，但两年后只身前往第戎，做校对、受雇写作，还当英文教师。一九三二年他完成《北回归线》（*Tropic of Cancer*），一九三四年在巴黎出版，但却因过于淫秽在美国被禁。一九三三年，他和阿尔弗雷德·佩莱斯[1]住在克利希，在那里写出了《黑色的春天》（*Black Spring*），后于一九三六年在巴黎出版。那时他身边已经围绕了一大批作家，包括布莱斯·桑德拉尔[2]和塞利纳[3]。一九三九年，仍然是在巴黎，他完成和出版了《南回归线》（*Tropic of Capricorn*），同年游历希腊，

1　Alfred Perlès（1897—1990），出生于奥地利的作家，同亨利·米勒及其女友阿娜伊丝·宁有三角恋情。
2　Blaise Cendrars（1887—1961），瑞士小说家、诗人，长居法国，对欧洲现代主义运动颇有影响。
3　Céline（1894—1961），法国作家，通过运用新的写作手法使得法国及整个世界文学走向现代。

一个对他来说生机勃勃而非考古博物馆的地方。二战爆发迫使他在一九四〇年一月返回美国，随后出版以希腊为背景的《玛洛西的大石像》（*The Colossus of Maroussi*，1941）。亨利·米勒的生活总是在新世界和旧世界之间摇摆；现在他住在加利福尼亚，全身心地投入文学和绘画[1]。

在作者自己看来，《北回归线》不是书而是一通诽谤[2]，一篇加长的对上帝、人类及其命运的侮辱；《黑色的春天》用十个毫不相干的章节串起噩梦、嘲讽的夸张、虚荣的断言、对自我的发掘和对布鲁克林的乡愁；《南回归线》被黑色主导：女主角马拉是黑人，而且总穿一身黑色，有时是喀耳刻、莉莉斯，是化身为一个挺立、有翅膀、性感女子的美国，有时是要残害消灭她的恶魔，周围满是蛇、怪物和机器。亨利·米勒受到重生之希望的驱使，纵身跳入毁灭的河流。在《空调恶梦》（*The Air Conditioned Nightmare*）里，美国就是一个吹着空调的恶梦；作者爱着它的反面——巴黎和地中海地区。《殉色三部曲：性爱之旅、情欲之网、春梦之结》（*The Rosy*

1　亨利·米勒卒于 1980 年，博尔赫斯口述本书时他尚在世。

2　此处原文故意使用头韵："书"（libro）与"诽谤"（libelo）呼应。

Crucifixion: Sexus, *Plexus*, *Nexus*）赫然救世又讽刺的五册，主题是欢乐和对苦难的救赎。犹太教是亨利·米勒作品中的执念之一。

亨利·米勒的全部作品构成一部浩繁又虚幻的自传，其中不乏故意的浅薄和出丑，偶尔隐现魔幻色彩。米勒曾经是无政府主义者、和平主义者，对一切政治持怀疑态度。他会一直这样下去吗？

诗 人 们

惠特曼曾于一八五五年声称自己的作品不过是一堆建议和札记、留待后辈诗人佐证完善，结果他那臣服于丁尼生与斯温伯恩[1]之婉转韵律的祖国花了半个世纪才接受《草叶集》这份遗产。

最初的革新者之一是埃德加·李·马斯特斯（Edgar Lee Masters，1868—1950）。他生于堪萨斯州的加尼特，在芝加哥做过律师，一八九八年开始出版诗歌和戏剧，但反响平平。一九一五年，一部《匙河集》（*Spoon River Anthology*）让他一夜成名，其灵感源自《希腊诗文集》，像一出人间喜剧，收录了二百五十个墓志铭[2]，也就是某小镇人们临终前吐露真相的告解，其中有安·拉特利奇，"生前被林肯钟爱 / 用分离而非结合与他永结连理"[3]；也有诗人佩蒂特，毫不在意周遭生活，"当荷马和惠特曼在松林里放声歌唱"，他耽于创作陈腐无味的八行两韵诗；还有本杰明·庞狄埃，对不爱他的妻子始终保持感情。全书以自由体写成，是马斯特斯留给后人唯一一部重要的作品。

埃德温·阿林顿·罗宾逊（Edwin Arlington Robinson，1869—1963）在缅因州的海德泰德出生，在哈佛大学受教育，做过市政督查。一九〇五年，总统西奥多·罗斯福读了他的诗很是欣赏，为他在纽约海关谋了个差事。罗宾逊曾三度荣获普利策奖：一九二二年凭借一八九六年以来的诗作再版，一九二四年是以诗集《死去两次的人》（*The Man Who Died Twice*），一九二七年则归功于《特里斯丹》（*Tristram*），关于亚瑟王的系列传奇之一。和马斯特斯一样，罗宾逊的许多诗

---

1 Algernon Charles Swinburne（1837—1909），英国诗人、文学评论家。他的诗歌富于色彩和韵律，节奏多变，充满动感，但也被批评过于注重韵律和形式，有以文害意之嫌。其知名诗作有《冥后之园》，收录在诗集《诗歌与谣曲》中。

2 《匙河集》实际上共收录了 245 份墓志铭，此处疑为作者误。

3 据传安·拉特利奇（Ann Rutledge）曾与林肯有过一段情缘；1835 年，22 岁的安去世，让林肯一度沉湎于悲痛中。

作都是对虚构人物进行的心理描绘，只是受到更多勃朗宁的复杂影响。他风格传统、雄辩（褒义），虽然而今几乎只存在于文学史中，但被评论家约翰·克劳·兰塞姆[1]列为一九〇〇到一九五〇年间美国诗坛三大巨擘之一，与艾略特和罗伯特·弗罗斯特并驾齐驱。他的作品始终贯穿着清教徒的庄严，这使他后来走向一种唯物主义的悲观情绪。

毫无疑问，罗伯特·李·弗罗斯特（Robert Lee Frost，1874—1963）是美国最受尊重和喜爱的诗人，他没有惠特曼的炽烈，而是更接近拘谨但同样感性的爱默生。虽然生于加利福尼亚的旧金山，但他的家族、性格和主题都是新英格兰的——美国在文化上最久远、积淀最深的地区。他先在纺织厂工作，然后进入哈佛（肄业），继而当教师、鞋匠、记者，最后做了农场主。一九一二年，弗罗斯特举家搬到英格兰，结交了鲁珀特·布鲁克[2]、拉塞尔斯·艾伯克龙比[3]和其他诗人，

1 John Crowe Ransom（1888—1974），美国诗人，一战后"美国南方文艺复兴"代表理论家。其 1941 年出版的《新批评》成为 20 世纪中叶蔚成大势的批评流派来源。
2 Rupert Brooke（1887—1915），英国诗人，最著名的诗作是系列十四行诗《一九一四》，一战期间死于败血症。
3 Lascelles Abercrombie（1881—1938），英国诗人、评论家，属乔治亚诗派。

这才发现自己的诗歌天赋。一九一四年在当地出版的《波士顿以北》（*North of Boston*）是其第一部重要著作，奠定了他的名气，随后其他作品也相继问世。一九一五年他回到美国，被聘为哈佛的诗歌教授。美国终于在他身上看到了自己的诗人。弗罗斯特四度获得普利策诗歌奖，一九三八年被授予美国文学艺术学院奖章，一九四一年又荣膺美国诗人学会奖章，共获十六所大学的"荣誉博士"学位。

弗罗斯特是公认的"提喻诗人"，善于运用以部分代整体的修辞手法。他的一些作品乍看平平淡淡，其实蕴涵深邃，故可在字面和暗示等不同层面上解读。这种言而未尽的技巧充满了十足的英格兰及新英格兰味。乡野与日常足以让他言简意赅地托出精神世界。他静谧而又神秘。弗罗斯特不屑自由体，而是一向遵循旧体规范，笔墨深藏不露，拿捏不着痕迹。他的诗并不晦涩难懂，每个包含并且允许我们解读的层面都能满足我们的想象，但这里的"个"是无穷的，所以《熟悉黑夜》[1]（*Acquainted with The Night*）对一位读者来说是

1　参见《小河西流·熟悉黑夜》，弗罗斯特著《弗罗斯特集》（上），普瓦里耶、理查森编，曹明伦译，沈阳：辽宁教育出版社，2002 年 6 月，页 327。

描述早先在"城里最凄凉的小巷"的隐秘体验，而对另一位来说，"黑夜"一词可能并不一定是恶的象征，而意味着不幸、死亡或者谜。《雪夜在林边停留》[1]（*Stopping by Woods on a Snowing Evening*）里的场景无论真实还是虚构，都充满了无可置疑的视觉美感，而且既可按字面理解，也可以当成一个长长的隐喻。《未走之路》（*The Road not Taken*）[2]同样如此，开篇描绘了一片"金色的树林"，似乎是实景，最后又成为象征，指向在每次选择中顾"此"而对所失之"彼"的揣想。

罗伯特·弗罗斯特去世后，他某种意义上的对手卡尔·桑德堡（Carl Sandburg，1878—1967）成了当今美国最知名的诗人，虽说他的声名部分得益于一九五〇年普利策奖作品、洋洋六卷本《林肯传》。他是瑞典移民后裔，出生在伊利诺伊州的盖尔斯堡，当过送奶员、卡车司机、泥瓦匠、收割短工、洗碗工、美西战争期间派往波多黎各的志愿兵，然后是记者、文学系学生。他的第一部作品，一九〇四

1 《新罕布什尔·雪夜在林边停留》，弗罗斯特著《弗罗斯特集》（上），普瓦里耶、理查森编，曹明伦译，沈阳：辽宁教育出版社，2002年6月，页291。
2 《山间低地·未走之路》，同上，页142—143。

年的小册子《肆无忌惮的狂热》（*In Reckless Ecstasy*）几乎石沉大海，十年后，他应哈里特·门罗[1]之邀在芝加哥的《诗刊》（*Poetry*）上发表才渐入主流，一九一六年出版《芝加哥诗歌》（*Chicago Poems*），一九一九年和一九二〇年两度获得美国诗人学会奖章。之后，桑德堡开始在全国各地朗诵、演唱并采集民谣，采风的成果都收录在了一九二七年的《美国歌谣集》（*American Song Bag*）。他的代表作有《烟与钢》（*Smoke and Steel*，1920）、《早安，美国》（*Good Morning America*，1928）、《人民，是的》（*The People，Yes*，1936）。一九五〇年他凭借《诗歌全集》再度获得普利策奖。

桑德堡作品受惠特曼影响很明显，两人都使用自由诗体和"俚语"，虽然后者在桑德堡身上体现得更加自发和丰富。起初他是一个活力充沛甚至有些粗粝的诗人，但后来的诗作则多愁善感，这一变化在他最有名的诗作之一《清冷的坟墓》（*Cool Tombs*）中清晰可见。

同马斯特斯和桑德堡一样，尼古拉斯·维切尔·林赛

---

1 Harriet Monroe（1860—1936），美国诗人，《诗刊》创办人并长期担任总编辑。这份杂志是英语世界现代诗歌的重要阵营。

（Nicholas Vachel Lindsay，1879—1931）出生在伊利诺伊州的斯普林菲尔德，林肯的故乡，对其崇敬不已。他在芝加哥艺术学院上学（白天在一家店里打工），后来进入纽约艺术学校，但卖画不顺，于是开始写诗。林赛步行西部，游吟为生，通过诵唱自己的诗作赚取食物和剧院门票，直到一九一三年门罗刊载了他最出名的作品《威廉·布斯将军进入天堂》（*General William Booth Enters into Heaven*）。他一九二五年结婚并在华盛顿斯波坎定居，六年后逝于故乡，留下作品《乞丐手册》（*Handy Guide for Beggars*）、《中国夜莺》（*The Chinese Nightingale*）、《加利福尼亚的金鲸》（*The Golden Whales of California*）以及《每个灵魂都是一个马戏团》（*Every Soul is a Circus*）。

林赛想成为"救世军"诗人。他用诗歌缔造了许多家喻户晓的人物的传奇：美国独立战争和对原住民战争中的英雄安德鲁·杰克逊，废奴主义者约翰·布朗，林肯和玛丽·璧克馥。他的诗歌很独特，充溢着圣歌和爵士乐的宗教热忱。在一些作品中，他还标记了该诗应配的乐器和旋律。

迄今为止，美国黑人对诗歌的贡献不如他们对音乐的贡献突出，我们着重提一下出生于密苏里州乔普林的詹姆斯·兰斯顿·休斯（James Langston Hughes，1902—1967），他和桑德堡一样，都继承了惠特曼的文学血脉。他跳荡着爵士乐律动的作品包括《亲爱而可爱的死神》（*Dear Lovely Death*）、《守梦人》（*The Dream Keeper*）、《哈莱姆的莎士比亚》（*Shakespeare in Harlem*）、《单程票》（*One Way Ticket*）以及自传《大海茫茫》（*Big Sea*）。休斯的诗感伤但也不乏讥讽。

更为敏锐、工巧的是康蒂·卡伦（Countee Cullen，1903—1946）的诗作，他在出生的城市纽约上学，后来进入哈佛，出版过《铜日》（*Copper Sun*）、《黑色基督》（*The Black Christ*），译过欧里庇得斯的《美狄亚》，还编过两部黑人诗选，但是他更注重抒发内心感情而非讨论种族问题。评论界认为他的作品中有济慈的影响。

小　　说

与其他因生活坎坷而走上文学道路的美国作家不同，生于特拉华州威尔明顿的约翰·菲利普斯·马昆德（John Phillips Marquand，1893—1960）在新英格兰地区一个颇有名望的知识分子家庭受到良好教育，是超验主义作家玛格丽特·富勒（Margaret Fuller）的侄孙，曾在哈佛大学就读，妻子来自波士顿一个历史悠久的家族。他在第一次世界大战期间当过炮兵，后来从事新闻工作。马昆德最好的小说是《已故的乔治·阿普利》（*The Late George Apley*），讽刺波士顿的故作高雅之风。他也尝试过写侦探小说。

路易斯·布罗姆菲尔德（Louis Bromfield，1896—1956）的经历更为丰富。他父亲是俄亥俄州的庄园主，他先在康奈尔大学和哥伦比亚大学读书，后来定居法国桑利斯的一处农庄。一战期间，他因驾驶救护车荣获军功十字勋章[1]。布罗姆菲尔德是剧评家兼记者，一九二六年[2]的《初秋》（*The Early Autumn*）获普利策奖，讲述了一个实业家家族的历史。他作品众多，包括小说《雨季来临》（*The Rains Came*，1937）、《孟买之夜》（*Night in the Bombay*，1940）和《帕金顿夫人》（*Mrs. Parkington*）等，其中《雨季来临》曾被改编成电影。

有着德国和爱尔兰血统的约翰·欧内斯特·斯坦贝克（John Ernest Steinbeck，1902—1968）生于加利福尼亚州萨利纳斯，在斯坦福大学读书时，为了支付学费到处打工，做过炼糖厂实验室助理、泥瓦匠、空屋代管和记者。

二十七岁时，斯坦贝克发表了第一部作品《金杯》（*Cup of Gold*，讲述了海盗摩根的故事），从此开启文学生涯。他后来的诸多作品还包括《人与鼠》（*Of Mice and Men*，1937）、短篇小说集《长谷》（*Long Valley*，1938，收录名篇《红马驹》）、获普利策奖的《愤怒的葡萄》（*The Grapes of Wrath*，1939），以

1　一战期间法国授予法国及联盟军士兵的军功奖章，法语为 Croix de guerre。
2　《初秋》发表于 1926 年，于 1927 年获得普利策奖，原文误作 1926 年获奖。

及《伊甸之东》（*East of Eden*，1952），其中许多被改编成著名影片。他的书几乎都以加利福尼亚为背景，所写种种底层生活反映了三十年代经济大萧条的后果。斯坦贝克擅长写对话、描摹他所熟知的生活和讲故事，但在处理哲学和社会主题上略显逊色。

流浪汉小说常被认为是一种饥饿的文学，到了欧斯金·考德威尔（Erskine Preston Caldwell，1903—1987）这里更是有过之而无不及，除了饥饿，还糅合了情欲的狂热和某种毫无负罪感的动物式性本能。考德威尔像福克纳一样描写内战后南方的衰落，但他笔下的人物不是没落的贵族，而是生就在贫瘠土地上种植烟草或棉花的穷苦白人。考德威尔生于佐治亚州白栎村，父亲是长老会牧师；他曾入读弗吉尼亚大学和宾夕法尼亚大学，跟很多美国作家一样从事过各类不同职业，一九二六年退居一处废弃农庄开始研习写作之道，在那里创作了著名的《烟草路》（*Tobacco Road*，1932），改编成戏剧也卖座多年；文中人物的生活只剩下那些基本需求——吃饭、做爱和耕地，残酷与滑稽怪诞并现。《上帝的小块土地》（*God's Little Acre*，1933）被公认为考德威尔最好的小说，代入感极强。短篇小说集《活着的人是我们》（*We are the Living*）中，作家的技巧有所收敛，更加委婉、冷静。

罗伯特·佩恩·沃伦（Robert Penn Warren，1905—1989），小说家、诗人、教授、评论家，比我们之前提到的所有作家都更为全才。他出生于肯塔基州的加斯里，曾在耶鲁大学和牛津大学深造，后任路易斯安那大学和明尼苏达大学英语老师。沃伦领导《南方评论》（*Southern Review*）杂志多年，一九四二年获雪莱诗歌奖，一九五〇年开始在耶鲁大学戏剧艺术系教授戏剧学。沃伦年轻时还是南方重农学派成员。他的诗歌十分精巧，初期多为叙述和大众风格，后来逐渐转向哲学思辨，其中能看出十七世纪英国玄学派诗人的影响。他的小说包括获得普利策奖的《国王的人马》（*All the King's Men*，1946）、《黑夜骑士》（*Night Rider*，1938）、《在天国的门口》（*At Heaven's Gate*，1943）和《足够的空间与时间》（*World Enough and Time*，1950），最后这部书名借用了安德鲁·马维尔[1]一首诗的首句；他也写短篇小说，辑入《阁楼马

<hr />

1 Andrew Marvell（1621—1678），英国玄学派诗人，该诗名为《致羞怯的情人》（*To his Coy Mistress*）。

戏团》(*Circus in the Attic*, 1948)。

黑人小说家理查德·赖特（Richard Wright）一九〇八年出生在密西西比州纳奇兹附近的一个种植园，因为父亲弃家而去，他在孤儿院和亲戚家长大，十五岁时到孟菲斯当邮差，后来辗转芝加哥、纽约，一九四六年到巴黎。一九三八年他出版了短篇小说集《汤姆叔叔的孩子们》(*Uncle Tom's Children*)，赢得了一个价值五百美元的奖项，但他最大的成就还数《土生子》(*Native Son*, 1940，讲述一桩意外凶杀案及其可怕后果)、《黑孩子》(*Black Boy*, 1945，自传）以及《一千二百万黑人的声音》(*Twelve Million Black Voices*, 1941，纪实，运用自然主义手法书写种族矛盾)。一九四〇年，赖特获得斯平加恩奖章[1]，这是对一部支持黑人的作品[2]的莫大奖赏。在巴黎期间，他又发表了《我曾努力成为共产党人》(*I Tried to Be a Communist*) 和一九五二年的《局外人》(*The Outsider*)，后者受到萨特影响，由写作黑人的特定问题转向关于人的基本问题，但这一转变并不意味着与先前创作的断裂，

---

1 设立于 1913 年，每年奖励取得杰出成就的黑人。
2 指的是 1940 年发表的《土生子》。

正相反，两个阶段的主题都是在一个充满敌意的社会中受迫害的人。在芝加哥时他是马克思主义者，而现在他试图表现在共产主义中寻找博爱的希望破灭以及对其他信念的追寻。《土生子》曾被搬上舞台[1]。

杜鲁门·斯特雷克福斯·珀森斯（Truman Streckfus Persons，1924[2]—1984），以笔名杜鲁门·卡波特（Truman Capote）闻名，生于路易斯安那州新奥尔良，在康涅狄格州上学。他写过电影脚本，在河船上当过舞蹈演员，还在《纽约客》打过杂。十九岁时，他凭借小说《米丽亚姆》（*Miriam*）获得欧·亨利小说奖，一九四八年，又凭《关上最后一扇门》（*Shut a Final Door*）再次获奖[3]，一九四九年兰登书屋出版其短篇小说集《夜树》（*Tree of Night*），但他成名主要源于一九四八年的第一部长篇小说《别的声音，别的房间》（*Other Voices Other Rooms*），很多人眼中的自传。一九五一年《草竖琴》（*The Grass Harp*）发表，在西西里岛完成的作

1　1941 年由赖特参与改编成剧本，1951 年赖特出演同名电影但不太成功。
2　原文疑误作 1925 年，1984 年去世。
3　卡波特仅在 1948 年获得一次欧·亨利小说奖，此时他应为 24 岁，原文疑误。

品，故事讲得抒情真切。他曾两次尝试戏剧创作但成就不大。一九五六年《缪斯入耳》（*Muses are Heard*）出版，记录了他随剧团赴苏联演出《波吉与贝丝》（*Porgy and Bess*）之行。

　　卡波特的最新作品《冷血》（*In Cold Blood*，1966）情节非常奇特：堪萨斯州一个小镇上一家四口全部惨遭杀害。之前极为关注风格的杜鲁门·卡波特试图借这起凶案创造一种将小说与新闻报道相结合的新类型。他搬到堪萨斯州住了五年，探访了周围邻居，获得了杀人犯的信任和友谊——直到上绞架前还接受采访，并且不舍地向卡波特告别。卡波特想知道这些人是怎样走上犯罪道路的，同时考虑到做笔记可能会给受访人带来压力，便努力用脑记下凶手所说。《冷血》中那种近乎非人的冷静令人想起法国的某些文学实验。

戏　　剧

一个有趣的现象是：十九世纪时，在莎士比亚的故乡英国，各种文学类型都大放异彩，唯独戏剧表现平平，直到萧伯纳和王尔德进行革新；同样的事情也发生在美国，流行的大众戏剧、著名作家的剧本（更多作为文本而不是为了演出）昙花一现——英国的代表是丁尼生、布朗宁，美国有朗费罗。

尤金·格拉德斯通·奥尼尔（Eugene Gladstone O'Neill，1888—1953）生于纽约，父亲是一位小有名气的浪漫主义戏剧演员。由于是爱尔兰后裔，他在各个城市都上天主教寄宿学校，最后进入普林斯顿大学。奥尼尔一生困苦波折，去过洪都拉斯淘金，当过美国和挪威海船的水手，也曾在布宜诺斯艾利斯河口区流浪，在贝里索[1]当工人，做演员和记者，但他一直坚持阅读古希腊悲剧作家、易卜生和斯特林堡的作品。奥尼尔四次获得普利策奖，一九三六年获诺贝尔奖。他结过三次婚，女儿乌娜嫁给了卓别林。

奥尼尔写过三十多部戏剧和一部自传，作品一如经历般多变，风格也由现实主义转向表现主义、充满各种新奇的试验（大胆而成功）。比如《划十字的地方》（*Where the Cross is Made*，1918）中，大海深处和死难水手的奇特景象出现在加利福尼亚[2]的一座房子里；《大神布朗》（*The Great God Brown*，1925）中对象征性面具的运用（剧中人物毫无意识地戴上、摘下、说话）渲染出一种恐怖效果，面具取代了人而受到钦慕或厌烦；创作《奇异的插曲》（*Strange Interlude*，1928）时，奥尼尔着意在独白上进行创新，向乔伊斯在《尤利西斯》最后一章中的意识流致敬；《悲悼三部曲》（*Mourning Becomes Electra*）则将古老的希腊传说移到美国南北战争时

1　阿根廷布宜诺斯艾利斯大区东南方向一城市，19世纪末随工业发展而兴起，因实业家胡安·贝里索之姓得名。

2　原文误作"新英格兰"。

期。毫无疑问，他对当代戏剧技巧的革新已经超出了我们的好恶，同时，他阴郁的精神气质也反映在作品中，即从不设定大团圆结局。奥尼尔已经被译介到各国。他多以独幕剧形式出现的早期作品常进驻创新性强的小剧场，如华盛顿广场剧团（Washington Square Players）、普罗文斯顿剧团（Provincetown Players），以及他亲自参与领导的实验剧场（Experimental Theatre），后来才来到百老汇并走向全世界。

桑顿·尼文·怀尔德（Thornton Niven Wilder, 1897—1975）生于威斯康星州麦迪逊市，父亲曾是记者，后来担任美国驻香港总领事。怀尔德陆续在中国、加利福尼亚、欧柏林学院[1]和耶鲁大学广泛学习，毕业后进入美国驻罗马研究院和普林斯顿大学深造考古学。一战期间他在炮兵部队服役，二战时加入空军，其间的一九二一到一九二八年在劳伦斯威尔高中当法语老师。一九二六年[2]他的第一部长篇小说《卡巴拉》（*The Cabala*）发表，《圣路易桥》（*The Bridge of Saint Luis Rey*, 1927）则为他带来了全国性声誉和普利策奖。他还创作了小

---

1 美国俄亥俄州的一所私立文理学院，创立于1833年。
2 原文误作1925。

说《安德罗斯岛的女人》(*The Woman of Andros*, 1930)、《我的目的地是天堂》(*Heaven is My Destination*, 1935) 和《三月十五日》(*The Ides of March*, 1948)。

怀尔德的戏剧作品中，对人类情感、乐观与智慧的表现，包括他在考古学中锻炼的历史感，或许比那些不断震惊观众的技法创新更为重要。他早期作品多为十分钟的短剧，赋予《圣经》主题现代形式。《我们的小镇》(*Our Town*, 1938) 中，死者的世界和现世同样真实，作家通过生活琐事揭示了人生真谛。在《九死一生》(*The Skin of Our Teeth*, 1942) 中，作家将史前与当代事件放在一个层面，既有恐龙和猛犸抱怨天气寒冷，又有安特罗伯斯夫妇烧掉家具和纸给孩子们取暖。桑顿·怀尔德还指出，小说代表了过去的时间，戏剧则指向当下；在戏剧中，"永远都是现在"。

亚美尼亚后裔威廉·萨洛扬 (William Saroyan, 1908—1981) 一九〇八年生于加利福尼亚州弗雷斯诺城 (Fresno)。一生曲折仿佛已经成了美国作家的传统，他也不例外，当过邮递员、办公室听差、小农庄杂工，后来定居旧金山。他写长、短篇小说和戏剧，主要因后者出名。他的喜剧作品中——比如一九三九年的两部，《我的心在高地》（*My Heart is in the Highlands*）和《人生一世》（*The Time of Your Life*）——主人公是流浪汉、妓女、醉鬼和穷人；和狄更斯一样，萨洛扬更关注他们的勇敢、善良、希望和那些短暂的快乐，而并不是他们有多么不幸。《人生一世》获普利策奖当之无愧，同样出名的还有两年后上演的剧作《美丽的人们》（*The Beautiful People*）。他的所有这些作品都是以诗歌或音乐酝酿的，几乎没有情节，侧重精神状态和无政府主义的、豪放爽朗的浪漫，这些特征也体现在他的长篇和短篇小说中。萨洛扬的文学创作开始于一九三四年的短篇小说集《斗胆的空中飞人》（*The Daring Young Man in the Flying Trapeze*，1934），继以多部长篇如《人间喜剧》（*The Human Comedy*）和自传《贝弗利山中的骑车人》（*The Bicycle Rider in Beverly Hills*，1952）。他写道，比起数字统计他更相信梦；他不屑于结构严谨的作品，这一点透露出舍伍德·安德森的影响；他还十分欣赏萧伯纳，效仿他在剧作前写很长的序言，其中一篇说："去各处寻找善吧！找到时，请将它从藏身之处掘出，让它自由流动不受限制……活好每一个时刻，最终时刻你便不会落入世上悲惨和痛苦的队伍，而是微笑面对它无尽的快乐和神秘。"

汤姆斯·拉尼尔·威廉斯（Thomas Lanier Williams），以笔名田纳西·威廉斯（Tennessee Williams）闻名，一九一一年生于密西西比州，父亲是一名推销员。他曾在密苏里大学和爱荷华大学就读，一九四〇年获得洛克菲勒基金资助，后来为好莱坞一家电影公司工作，在那里写出数部成名作，包括《玻璃动物园》（*The Glass Menagerie*，1945）、《欲望号街车》（*A Streetcar Called Desire*，1947）和《夏天与烟雾》（*Summer and Smoke*，1947）。他的很多作品描写衰落、贫穷、肉欲、贪婪、残疾、乱伦以及在幻想生活中寻求庇护受挫，如《玫瑰黥纹》（*The Rose Tattoo*，1950）、《热铁皮屋顶上的猫》（*Cat on a Hot Tin Roof*，1955）、《去夏骤至》（*Suddenly Last Summer*）和《甜蜜青春小鸟》（*Sweet Birds of Youth*，1959）等。这些物质主义、恐慌焦虑与精神分析并存、不留一丝希望的作品与《大路》（*Camino Real*，1953）一剧截然不同，或者说力争不同，后者是充满野心和寓意的一次尝试，人物包括拜伦、卡萨诺瓦、堂吉诃德、桑丘和茶花女。田纳西·威廉斯的作品有很多被改编成电影。

经常与田纳西·威廉斯相提并论的阿瑟·米勒（Arthur Miller）一九一五年出生在纽约，一九三八年底从密歇根大学毕业。米勒很早就开始写剧本，不同于其他社会化、现实性的剧作家，他更相信自由意志。一九四七年，他以《都是我的儿子》（*All My Sons*）成名，剧中主人公靠卖有缺陷的飞机零件赚了一大笔钱，却导致很多士兵阵亡，他儿子得知后在执行任务时故意坠机自杀，他最终也良心发现，选择了自杀。一九四九年，如今已经闻名遐迩的《推销员之死》（*Death of a Salesman*）首演，主角威利·洛曼做了三十多年推销员，年老体衰时被老板辞退；为了让家人领取保险，他主动撞车身亡。这部戏仿效福克纳，把现在与过去糅合在一起。一九五三年的《萨勒姆的女巫》（*Crucible*）中，米勒尝试了双关：表面上主题是十七世纪最后十年间萨勒姆的巫蛊案，但观众又能够感受到它是一场对当代社会予人迫害、令人狂热的抗辩。《桥头眺望》（*A View from the Bridge*）是一出很短的悲剧，以纽约的码头为背景，故事发生在人物之一、律师阿尔菲耶里的记忆中。一九五五年，《回忆两个星期一》（*A Memory of Two Mondays*）上演，故事的主角们在安于现状和贫穷中混日子，只有一个年轻人得以逃脱去寻找其他道路。阿瑟·米勒是著名演员玛丽莲·梦露的前夫，据传《堕落之后》（*The Fall*）的主题就是受到妻子命运的启发。他的剧作是电影改编热门，但他也写过长篇小说——驳斥反犹主义的《焦点》（*Focus*，1945）。

侦探小说、科幻小说和大西部

一九四〇年,埃德加·爱伦·坡为文学增加了一种新样式,其最突出的特点是人为、精心的安排——此前,犯罪故事一般并不通过抽象的推理来讲述,而是见于零星的报告或报道——坡创造了文学史上第一个侦探形象——巴黎绅士西·奥古斯特·杜宾,也由此创立了一种后来成为经典的模式,即主人公的事迹被一个平庸的崇拜者朋友记述下来,比如之后的夏洛克·福尔摩斯和他的传记作家华生医生。在切斯特顿看来,爱伦·坡创作了五个后人无法超越的侦探故事:《毛格街血案》(*The Murders in the Rue Morgue*),讲述两位女性在看似反锁的阁楼里被残忍杀害,凶手是一只猩猩;《窃信案》(*The Purloined Letter*),重申了想藏一个珍贵的东西就将其暴露在所有人的目光之下，这样反而没有人会在意；《玛丽·罗热疑案》（*The Mystery of Marie Roget*），没有具体的破案行动，仅限于抽象的推导和可能的结论[1]；《"就是你"》（*Thou are the Man*），就像伊斯雷尔·赞格威尔[2]的某个故事一样，凶手就是侦查者自己；《金甲虫》（*The Gold Bug*），勒格朗解开一段藏宝密码并找到埋宝藏的地方。爱伦·坡有许多拥趸，和他同时代的作家中就有狄更斯、史蒂文森和切斯特顿。

坡首创的这种推理传统在美国的继承者远不如英国多，但这里我们还是简要介绍几个。

威拉德·亨廷顿·莱特（Willard Huntington Wright，1888—1939），生于弗吉尼亚州的夏洛茨维尔，先后在加利福尼亚的波莫纳学院、哈佛大学以及巴黎和慕尼黑就读，之后和门肯[3]以及内森[4]一起领导著名杂志《时髦圈子》（*The Smart*

---

1 该篇取材于现实中，最终案件也未能侦破。
2 Israel Zangwill（1864—1926），英国作家，代表作《大熔炉》（*The melting pot*）后成为广泛传播的社会学概念。
3 Henry Mencken（1880—1956），20世纪20年代美国知识生活的中心人物，著有《美国语言》（*The American Language*）。
4 George Jean Nathan（1882—1958），美国编剧，现代剧评第一人。

Set）。他的文学趣味非常多元，可惜严肃的创作诸如《尼采教了什么》（*What Nietzsche Taught*）、《现代油画》（*Modern Painting: Its Tendency and Meaning*）、《油画的未来》（*The Future of Painting*）今天已被淡忘，而侦探小说，其养病期间的消遣之作，却广为流传，如《班森杀人事件》（*The Benson Murder Case*）、《金丝雀杀人事件》（*The Canary Murder Case*）和《赌场杀人事件》（*The Casino Murder Case*）等，署名范达因（S. S. Van Dine），主人公菲洛·万斯极富学识教养，某种程度上是作者的自况。

厄尔·斯坦利·加德纳（Erle Stanley Gardner），一八八九年生于马萨诸塞州的莫尔登市。和杰克·伦敦一样，他也在阿拉斯加做过矿工，后来在加州成为执业律师，二十余年叱咤职场，也由此塑造了法律惊险小说的主角佩里·梅森，反复出现在《口吃的主教》（*The Case of the Stuttering Bishop*）、《跛脚金丝雀》（*The Case of the Lame Canary*）、《音乐奶牛》（*The Case of the Musical Cow*）、《逃走的尸体》（*The Case of the Runaway Corpse*）、《不完美的谋杀》和《紧张的同谋》（*The Case of the Nervous Accomplice*）等之中。他多使用 A. A. 费尔（Fair）作笔名，作品被翻译成十六种语言，在美国的名气远超柯南·道尔。

弗雷德里克·丹奈（Frederick Dannay）和他的表兄李·曼弗里德（Lee Manfred）有一个更加响亮的名字：埃勒里·奎因（Ellery Queen），也就是他们以第三人称创作的小说主人公。两人合作的文学之路始于一九二九年的《罗马帽子之谜》（*The Roman Hat Mystery*），这部作品还得了一个奖；其他众多作品中最值得一提的有：《埃及十字架之谜》（*The Egyptian Cross Mystery*）、《中国橘子之谜》（*The Chinese Orange Mystery*）、《希腊棺材之谜》（*The Greek Coffin Mystery*）、《暹罗连体人之谜》（*The Siamise Twin Mystery*）和《西班牙披风之谜》（*The Spanish Cape Mystery*）等。他们的作品严谨细致，有鲜明的戏剧性并且每个谜题都巧妙地收尾，得到普里斯特利[1]的称赞。

达希尔·哈米特（Dashiell Hammett）一八九四年生于马里兰，曾做过报童、邮差、码头装卸工人、广告公司代理，还在著名的平克顿侦探所做过七年私家侦探。此前，侦探小说往往是虚构、抽象的，而哈米特让我们见识到罪犯世

1　Joseph Priestley（1894—1984），英国作家、剧作家。

界、刑侦工作的现实，他笔下的侦探跟他们所追缉的犯人一样勇猛强悍，体现在《血色收获》（*Red Harvest*，1929）、《丹恩家的诅咒》（*The Dain Curse*）、《马耳他之鹰》（*The Maltese Falcon*）、《玻璃钥匙》（*The Glass Key*）和《瘦子》（*The Thin Man*）等之中，风格均以冷硬为主。

之后，侦探小说逐渐被间谍小说和科幻小说所取代，就后者而言，尽管爱伦·坡的一些短篇（如《瓦尔德马先生病例之真相》、《气球骗局》）已经初作尝试，但其当之无愧的奠基人还是在欧洲：法国的儒勒·凡尔纳，他的很多预想已经成了预见；英国的赫伯特·乔治·威尔斯，他的作品饱含对未来的忧虑。艾米斯[1]这样定义科幻小说：“一种散文叙事体，主题是一个设定，虽然在我们已知的世界还无法呈现，但可以生发于任何一种人类的、外星人的、科学技术甚至伪科学技术的革新。”

最先传播科幻小说的媒介不是书籍而是杂志。一九一一年四月，《现代电子学》（*Modern Electrics*）杂志开始连载《拉

---

1 Kingsley Amis（1922—1995），英国小说家、诗人、评论家和教师。

尔夫 124 C 41+：一个二六六〇年的传奇》，作者是杂志创始人雨果·根斯巴克（Hugo Gernsback，1884—1967）；如果当时就有以他命名的科幻成就奖"雨果奖"，完全应该给他颁一个。一九二六年，根斯巴克又创办了《惊奇故事》（*Amazing Stories*）。现在美国的科幻杂志有二十多种，但这类题材算不上主流，读者一般限于工程师、化学家、科学技术相关工作者和学生，而且几乎都是男性；共同的热情使他们组成俱乐部，范围遍及全国，聚会人数众多，其中一个协会幽默地自称"美国小怪物"。

霍华德·菲利普·洛夫克拉夫特（Howard Phillips Lovecraft，1890—1937）生于罗得岛州的普罗维登斯，体弱且敏感，由寡母和两位姨母抚养长大。和霍桑一样，他喜欢孤独，即使白天工作时也要把百叶窗合上。

一九二四年洛夫克拉夫特结婚并在布鲁克林安家，一九二九年离异后回归故乡孤独的生活，后因癌症去世。他厌恶时风，向往十八世纪。

他着迷于科学，第一篇文章就是关于天文的。他生前只出版过一本书，死后才由朋友们将杂志发表、文选收录的大量零散作品整理成册。他精心模仿爱伦·坡凄冷的风格和声响，描写宇宙间的灾变，故事中充满来自遥远星球、来自古代或未来、寄居于人类、研究我们这个世界的生物，或者反过来，当前时代的人（魂）在梦中探索时间空间距离甚远的奇特世界。他的作品主要有：《外太空的色彩》（*The Colour Out of Space*）、《敦威治恐怖事件》（*The Dunwich Horror*）、《墙中鼠》（*The Rats in the Walls*）等。

洛夫克拉夫特也留下了大量的书信。他的影响源除了爱伦·坡，还可以加上幻想小说家亚瑟·梅琴[1]。

罗伯特·海因莱因（Robert Heinlein，1907—1988）生于密苏里州的巴特勒市。他的一生非常丰富，航空、航海、学物理化学、做房屋中介、当政客和建筑师，并从一九三四年开始投身文学，这些改变都源于他不稳定的健康状况。海因莱因认为，科幻小说是难度仅次于诗歌、唯一可以反映当今时代最真实精神状态的文学类型。他的作品大多面向青少年，而且进入了广播、电视和电影等媒体，也被翻译成多

1　Arthur Machen（1863—1947），威尔士作家，著有《伟大的潘神》。

国文字，其中比较为人所熟悉的有：《地平线外》（*Beyond the Horizon*，1948）、《红色行星》（*Red Planet*，1949）、《天上的农夫》（*Farmer in the Sky*，1950）、《出卖月亮的人》（*The Man who Sold the Moon*，1950）、《行星之间》（*Between the Planets*，1951）和《永恒任务》（*Assignment in Eternity*，1953）等。

阿尔弗雷德·埃尔登·范·沃格特（Alfred Elton van Vogt，1912—2000），荷兰裔，生于加拿大，在萨斯喀彻温省的草原上长大，从小就奇怪地认定自己是个普通人，被一群普通人围绕，远离任何"伟大"的可能。十二岁时，随着一篇自传性短篇小说发表，继以一些同类或感伤的文字，沃格特走上了文学之路。他一直很喜欢科幻，但一九三九年才动手创作，偏爱的主题是找寻自我（最终无法达成的找寻）。相较于机械学，沃格特对精神方面的东西更感兴趣，从数学、逻辑学、语义学、神经控制学和催眠术中不断汲取灵感，其多元化常遭正统的科幻小说家诟病，而他对此回应道："只有跳出伪预设才能达到更高的目标"，还出版过一本关于催眠术疗效的书。其个人著作主要有：《斯兰人》（*Slan*，1946）、《佩塔赫之书》（*The Book of Ptah*，1948，一个假想星球上的故事）、《非

A 世界》(*The World of Null-A*，1948，以普通语义学为基础的作品)，还有和妻子艾德娜·梅恩·赫尔一起创作的《从未知而来》(*Out of the Unknown*，1948)。

比上述所有人都更有名的是雷·布拉德伯里(Ray Bradbury，1920—2003)。他出生在伊利诺伊州的沃基根(Waukegan)，从小就通过人猿泰山的故事和魔术戏法沉浸在幻想世界里，又经很早就开始阅读的杂志《惊奇故事》走进了科幻世界。十二岁的时候，他得到一台打字机作为礼物；一九三五年，他边上中学边参加写作班，开始养成每天写一两千字的习惯；一九四一年起，他为好几家科幻杂志如《美国信使》(*American Mercury*)撰稿；一九四六年，他获得"全美最佳短篇小说"奖，实现了童年梦想。布拉德伯里的第一本书《黑暗狂欢节》(*Dark Carnival*)于一九四七年面世，之后是一九五〇年的《火星编年史》(*The Martian Chronicles*)、一九五一年的《图案人》(*The Illustrated Man*)、一九五三年的《太阳的金苹果》(*The Golden Apples of the Sun*，标题从叶芝一首诗借来)，以及一九五五年的《点亮黑夜》(*Switch on the Night*)，这些作品几乎被翻译成了所有语言。

"科幻小说就像一把神奇的锤子，我希望用它让人类过上想过的生活。"布雷德伯里曾经这样写道。艾米斯虽然批评他作品中的感伤情绪，但承认他高超的文学造诣和讽刺功力，如将征服太空看作当代人类文化之机械无趣的延伸。他的作品里常出现梦魇，有时也很残酷，但最主要的是悲哀；他对未来的预测不是乌托邦式的而更像一种警示：人类可以和应当避免的危险。

接下来我们谈谈大西部（Western）。尽管不是同一民族，但牛仔和高乔人之间并没有太大的区别：二者都是平原上的骑士，都和原住民、荒漠中的险恶、不肯驯服的畜群斗争，在自己并不了解的战斗中一点点流尽鲜血。奇怪的是，虽然有这些共同的基本特征，他们激发的文学却大相径庭：对于阿根廷作家来说——比如《马丁·费耶罗》和爱德华多·古铁雷斯的小说——高乔人代表了反叛，但他们犯的罪也不少，而美国基于新教的伦理约束将牛仔塑造成了战胜邪恶的正义形象，于是在文学传统中，前者经常以逃亡者的形象出现，而后者往往是一位警长或农场主。时至今日，两种人物都成了传奇，电影尤其将牛仔的神话传播到全世界（有意思的是历史文化毫不相干的意大利和日本也十分热衷于拍摄西部片)。

牛仔文学起源于不起眼的廉价小说,从一八六〇年到十九世纪末一度风行,内容偏历史,风格接近大仲马的浪漫主义——在殖民、独立运动、南北战争的话题耗尽之后,"征服西部"甚嚣尘上,作为开疆拓土代表的牛仔也应运而生。

众多西部小说家中最有名的是赞恩·格雷(Zane Grey,1872—1939),生于俄亥俄州曾斯维尔,是一位牙医的儿子。他从宾夕法尼亚州某大学毕业,做过牙医,一九〇四年开始发表作品,六十多部小说中比较著名的有《最后一个平原人》(*The Last of the Plainsmen*,1908)、《沙漠黄金》(*Desert Gold*,1913)、《神秘的骑士》(*The Mysterious Rider*,1921)等,很多都有电影改编。他的作品被翻译成几乎所有语言并且畅销不衰,尤其受到儿童和青少年的喜爱,总销量超过一千三百万册。

和一八一〇年革命后不久出现的高乔诗歌不同,美国的西部小说更晚近、更边缘,但我们不能否认它也是史诗的一种,给世界留下了孤独、正义、勇敢的牛仔的符号。

红皮肤原住民的口头诗歌

乔治·克洛宁（George Cronyn）主编的《彩虹上的小径》（*The Path on the Rainbow*）是迄今为止有关原住民诗歌最好的英译本了，不过可惜是一九一八年出版的，也就是意象主义勃兴之际，译者们风格偏向性很强，除非说埃兹拉·庞德对红种人也有逆时的影响。总之，译诗不光是把一首诗插入另一种语言，还要植入相异的历史和文化情境。

《彩虹上的小径》让我们尤其感兴趣的是那种对可视世界的感受性，细腻、神奇、精辟。有些作品只有一行，比如这首描述通灵者的巫术：

　　我唱，人亡。

或者：

从沉沉中走出的，是人还是神？

或者一位土著临死的话：

我一生都在找啊找
神歌里，人便是神
我是额头闪晨星的人

语音学家们至今还没有发现土著诗歌的音律；每首诗都对应一支舞，包含着没有意义的音节；根据不同的节奏，听众哪怕语言不通也能分辨出这一首是情歌、史诗还是神歌。诗里的比喻不一定逻辑合理，但是形象有力，比如"月亮上的银狐狸"。

前面提到有些巫歌可以置人于死地（爱尔兰人用讽喻干这事儿），他们当然也有求医治病、制造／治疗相思、祈求胜利的歌诗，还有仅仅在弥留时才能和盘托出的告解词——借用波德莱尔的话说，来自一个虚无、遥远、濒死世界的回音。

最后我们再引一首纳瓦霍土著的歌：

　　喜鹊！喜鹊！

　　翅膀的白上有晨曦的脚印。

　　天明！天明！

根据帕克芒（Parkmang）对翻译的记述，易洛魁人的政治演说非常发达。

历史大事记

1584	在罗阿诺克岛（Roanoke，今北卡罗来纳州）建立（不久即告失败的）殖民地。
1607	伦敦的弗吉尼亚公司建立詹姆斯敦。
1619	第一批黑奴通过一艘荷兰商船抵达。
1620	乘"五月花"号而来的清教徒建立普利茅斯（马萨诸塞州）。
1664	英国人从荷兰人手中获得新阿姆斯特丹（纽约）。
1754—1760	法国印第安人战争。法国战败，割让北美领地。
1775—1783	美国独立战争。
1787	费城制宪会议。
1789—1797	乔治·华盛顿总统任期。

1801—1809	托马斯·杰斐逊总统任期。
1803	从法国人手中"购买"路易斯安那地区。
1812—1814	美国第二次独立战争。
1823	门罗主义。
1829—1837	安德鲁·杰克逊总统任期。
1834	得克萨斯宣布独立，成立共和国。
1845	得克萨斯加入美国联邦。
1846—1848	美墨战争。
1856	共和党组建。
1861—1865	亚伯拉罕·林肯总统任期（遇刺身亡）。美国内战，南方告败。
1867	从俄国人手中购得阿拉斯加。
1869—1877	尤里西斯·辛普森·格兰特将军任总统（共和党）。
1896	克朗代克河畔（Klondike）发现黄金。
1898	美西战争。
1901—1909	西奥多·罗斯福总统任期（共和党）。
1913—1921	伍德罗·威尔逊总统任期（民主党）。美国参与一战（1917年4月6日起）。

1921—1923	沃伦·哈定总统任期（共和党）。
1923—1929	卡尔文·柯立芝总统任期（共和党）。
1929	经济危机。
1933—1941	富兰克林·德拉诺·罗斯福总统任期（民主党）。新政。美国参与二战（1941 年 12 月起）。
1953—1961	德怀特·艾森豪威尔将军任总统（共和党）。
1961—1963	约翰·肯尼迪总统任期（民主党，遇刺身亡）。争取进步联盟。
1963	林登·约翰逊总统任期（民主党）。

后　记

一八八四年前后，亨利·杰基尔博士通过一种不愿示人的"手法"不断变成海德先生，这个过程是让一个人分裂成两个人（几年之后，类似的情节又发生在道林·格雷身上）；与此相反，文学合写意（也是"艺"）在创造另一个奇迹：让两个人融为一体。如果实验奏效，这个亚里士多德式的第三人应该会跟他的两个组成部分都不一样、获得主体性，可惜来自圣菲省的布斯托斯·多梅克远不是这样，他遭到比奥伊·卡萨雷斯和博尔赫斯的诋毁，被说成"很巴洛克的庸俗"[1]。

先不开玩笑，手上这第二本书确实比第一本更让我满意。两次我都参与了，但那是分别完成的，这里却凝聚着友谊的欢乐和共同的发现，有我的恶趣味，有让我像威廉·莫里斯一样朝圣冰岛的北方崇拜，有领我走向叔本华的佛教教义，有高乔诗歌传统（结果我对埃尔南德斯和阿斯卡苏比[2]的遥远回忆成了时时查阅的文档，虽然他俩并不是高乔人、只是以模仿为乐），还有就像克维多一样不能忘记的卢贡内斯，包括对鬼怪文学的热爱（实在要比现实主义的拙计更加真切、久远）。

或许我还能提醒一下，再私淑的书——无论伯顿的《忧郁的解剖》、蒙田的散文——都不过是拼凑而成。我们是一切过往，我们是自己的血，我们是亲见死去的人，我们是助人提升的书籍本身，我们不过是别人。

豪尔赫·路易斯·博尔赫斯

布宜诺斯艾利斯，一九七九年二月八日

1　布斯托斯·多梅克（Bustos Domecq）是博尔赫斯同比奥伊·卡萨雷斯于1942、1946、1967年"四手联写"三部小说时杜撰出来的作者，连同生平都有假托的交代。

2　Hilario Ascasubi（1807—1875），阿根廷诗人，1872年在巴黎出版的《桑托斯·维加，或弗洛尔家双胞胎的故事》（*Santos Vega o los mellizos de la Flor*）有高乔人史诗之誉。

JORGE LUIS BORGES
ESTHER ZEMBORAIN DE TORRES DUGGAN
Introducción a la literatura norteamericana

Copyright © 1995, María Kodama
Copyright © 1967, M.C. del C. Torres de Pidal, M.P. Torres de Duggan y M.S. Torres de Achával
Copyright © 1997, Emecé Editores SA (ahora Grupo Editorial Planeta SAIC)
All rights reserved

图字：09-2010-605号

图书在版编目（CIP）数据

美国文学入门 /（阿根廷）豪尔赫·路易斯·博尔赫
斯,（阿根廷）艾斯特尔·森博莱因·德托雷斯·都甘著；
于施洋译. —上海：上海译文出版社, 2019.5
（博尔赫斯全集）
ISBN 978-7-5327-8034-1

Ⅰ. ①美⋯ Ⅱ. ①豪⋯ ②艾⋯ ③于⋯ Ⅲ. ①文学史
研究-美国 Ⅳ. ①I712.09

中国版本图书馆CIP数据核字（2019）第084077号

美国文学入门	豪尔赫·路易斯·博尔赫斯	著	出版统筹 赵武平
Introducción a la	艾斯特尔·森博莱因·德托雷斯·都甘		责任编辑 张　鑫
literatura norteamericana	于施洋 译		装帧设计 陆智昌

上海译文出版社有限公司出版、发行
网址：www.yiwen.com.cn
200001 上海福建中路193号
上海信老印刷厂印刷

开本850×1168 1/32 印张4.25 插页2 字数51,000
2020年7月第1版 2020年7月第1次印刷

ISBN 978-7-5327-8034-1/I·4936
定价：55.00元